# カラスのひな座《ざ》へ 魔女《まじょ》がとぶ

樋立悦子／作・絵

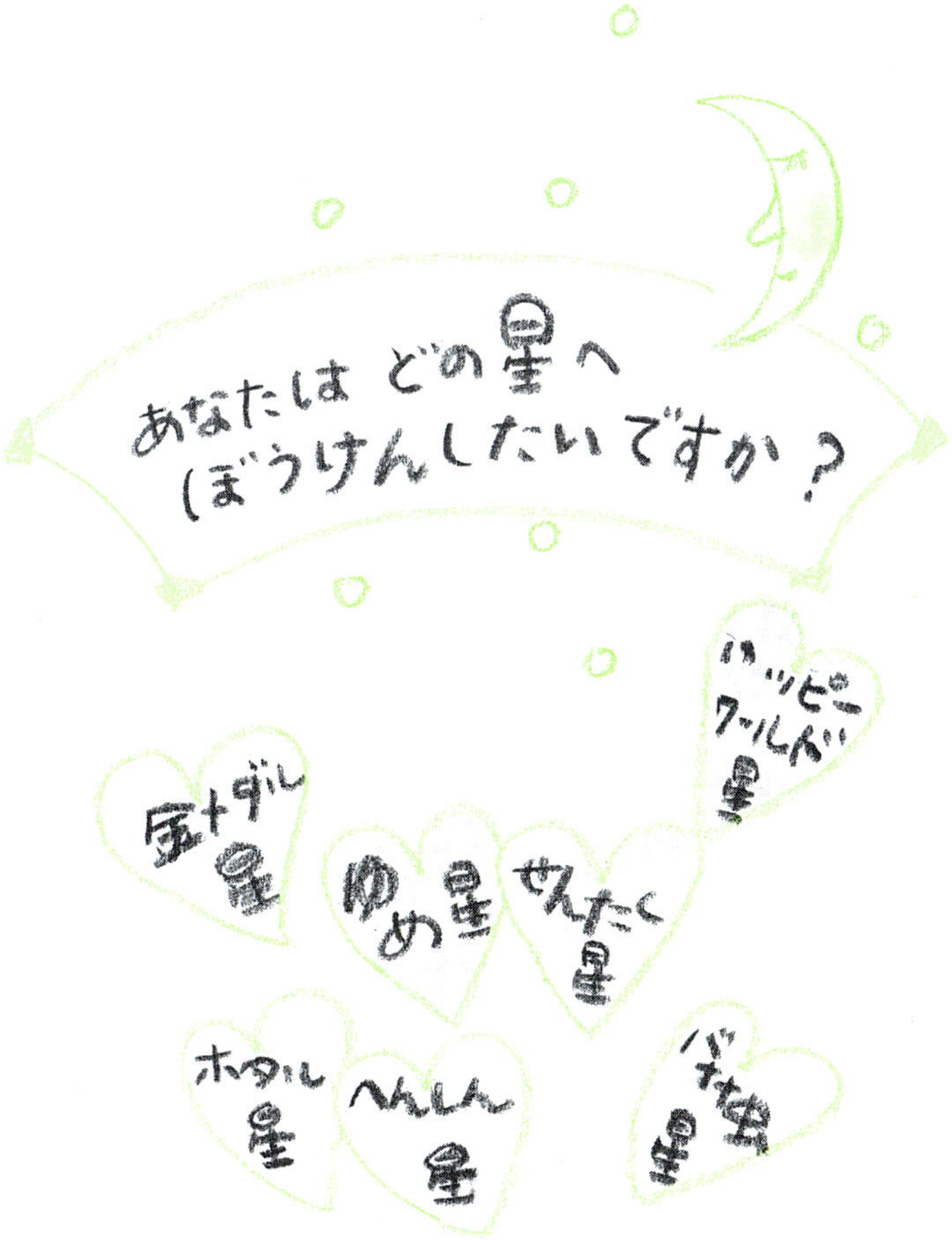

# 自然に読んだら
# 警告のことばがにじみ出て来た

松丸　数夫

サン＝テグジュペリの『星の王子さま』を読む会がありました。誰かがいいました。

「この物語はそのまま読めばいいのだ。自然にね、自然に」

その時から私の読み方はそのままが基本になりました。

「カラスのひな座へ魔女がとぶ」の作者椙立悦子さんがある日、次のようなことをいいました。

「いのちって何でしょう。いのちっていのちを続けることでしょう。続けることは子孫を残すことでしょう。地球には何百、何千億の生命が住み、何万何十万年も生きて来た。だから、地球に子どもや孫がうまれても不思議ではないわよね」

目を輝かせて話すエッちゃんの言葉に私は納得しました。地球に子や孫が出来る、この発想は星の王子さまの発想と似ていると思いました。児童文学者の斎藤淳氏に聞きました。

「子どもと大人は時間がたつ程距離が隔たって大人は子どもの心が理解出来なくなっているといわれます。なのに童話作家や詩人は何故子どもの心が読めるのでしょうか」と。

「それはその隔たりがはっきり認識されているからでしょう」といわれました。

エッちゃんもその認識があるからこそ、まじり気のない透明さで子どもを見ていられるのだろうと思いました。

今、私の書斎にはエッちゃんの執筆した著書20冊程が揃っています。その中の魔女シリーズには「魔女の検定しけん」という言葉が出て来ます。サン＝テグジュペリも星の王子さまの中で「おとなははじめ子どもだった」といわせています。大人になる試験を長い間怠って来た地球の人々、そして自らが住む地球を汚しきっている人々。この本は大変な警告ともいえます。

エピローグの天使とか、かみさまの会話に注目したい。

「じつはわたし地球用のパックを作ってみたの」

というと天使はポケットから銀色のふたに入ったクリームをとり出しました。

「これをよごれた地球の表面にぬってみようと思うの。中にあるよごれまですいこんでくれたら少しはきれいになるはずだわ。このパックを地球のおはだツル・ツールって名づけたの」

「そのパックきくといいな」

かみさまはにこにこしていいました。

この本は重くて何十年も読みごたえのする本です。

# もくじ

# ♠ プロローグ

　空から三つの雨つぶがおちてきて、イチョウのはっぱに着地しました。

「母《かあ》さんや、少《すこ》し見ないうちに、顔の色が黒くなったねぇ。」

雨つぶの父《とう》さんが、しみじみといいました。

「えっ、ほんとうですか?」

雨つぶの母《かあ》さんは、あわてて手かがみをだすと、自分のすがたをうつしました。

「あらまっ、たいへん！　あちこちにシミができてる。父《とう》さん、どうしたらいいの？　こんなになるのがいやで、毎ばん、こんきよくクリームをぬってたのに…。」

雨つぶの母《かあ》さんは、今にも、なきだしそうです。

「ママ、どうしたの？　ないちゃいや。」

雨つぶのぼうやは、ハンカチをさしだしていいました。

「ごめんね、ぼうや。何でもないの。ママの顔がすこーしだけ黒くなったから、かなしくなっちゃったの。さい高級《こうきゅう》のクリームをぬってるからって、あん心《しん》してたのがわるかったのね。」

というと、雨つぶの母《かあ》さんはにこっとわらいました。

「ぼく知ってる。ふたがぎん色で、バラの絵のついたあれでしょう？　ママ、おふろに入ったあと、いつもつかってるもの。」

「うふふっ、ぼうやったら、見てたのね。あのクリームには見えないパワーがあるの。まず、さいしょに、毛穴《けあな》のよごれをとってきれいさっぱりとおそうじをするの。次はえいよう分をたっぷりとあたえておはだをすべすべにして、さいごは、美白《びはく》のベールでおはだをととのえて白くするの。クリームの中では、一ばん強力《きょうりょく》なのよ。顔についたがんこなよごれも、たちまちおとしてしまう。だから、今まで、ママの顔にはシミなどできなかった。」

「まるで、魔法《まほう》のクリームみたい。ぼくもつけたいな。」

雨つぶのぼうやは、ぽんぽんはずんでいいました。すると、雨つぶの父《とう》さんが、ぼうやの耳もとで、

「ぼうやは、今のままですてきさ。何もつけなくたって、じゅうぶんかがやいている。はりがあってつやつやしてるじゃないか。少《すこ》しくらいのことじゃ、シミなどにならない。それにな、母《かあ》

さんにはないしょだが、男というものは、少《すこ》しくらい黒い方が、かんろくがあっていい。だから、パパは、今もクリームをぬらないんだ。」

と、いいました。

「パパ、わかったよ。ママにはぜったいないしょにするよ。」

雨つぶのぼうやは、口にひとさしゆびをあてていいました。

「二人《ふたり》とも、ひみつはいけないわ。」

というと、雨つぶの母《かあ》さんは、やさしくほほえみました。

「ママ、ごめんなさい。これは、男のやくそくなんだ。」

雨つぶのぼうやが、もうしわけなさそうにいいました。雨つぶの母《かあ》さんが、

「あーあ、ママも、男に生まれたらよかったな。そうしたら、ひみつが聞けたのに。」

というと、ぼうやは下をむいてしまいました。

「ぼうや、じょうだんよ。それにしても、どうしましょう？　これがきかなくなったら、もうおしまい。ママの顔は、一生《いっしょう》黒いままだわ。」

「ぼくいやだ！　黒い顔のママなんていや。いつものように白いほうがいい！」

「ぼうや、ごめんなさい。ママだって白い方がいいけど、そうもいかなくなってしまったの。」

雨つぶの母《かあ》さんがかなしそうにいいました。

二人《ふたり》の話を聞いていた雨つぶの父《とう》さんは、しんけんな顔でいいました。

「これには、わけがあるんじゃ。」

「わけ？」

雨つぶのぼうやは、目をぱっちりとひらいてくりかえしました。

「それはな、地球《ちきゅう》の大気《たいき》がよごれてしまったからなんじゃ。」

「地球《ちきゅう》の大気がよごれると、どうしてママの顔が黒くなるの？」

「ママだけじゃない。ぼうやの顔もパパの顔もいっしょに黒くなる。」

「どうして？」

雨つぶのぼうやは、どうしてがはじまるととまりません。

「わたしたち雨つぶは、大気中《たいきちゅう》の水じょう気が、高いところでかたまって作られる。だから、もし、大気《たいき》がすんでいれば、わたしたちのからだもすきとおるほどきれいだ。ところが、大気《たいき》がよごれていると、わたしたちの体も黒くきたなくなってしまう。ひとむかし前の大気《たいき》は、そりゃあうつくしかった。あのころの母《かあ》さんは、それはそれはうつくしかったなあ。あっ、今もきれいだけどね。」

雨つぶの父《とう》さんは、むかしをなつかしんでいいました。

「むりしなくたっていいわ。そういうあなただって、きれいだった。あのころは、大気《たいき》がすんでいたから、お星さまもよく見えたものよ。」

雨つぶの母《かあ》さんも、むかしを思い出していいました。

「この木の上で、母《かあ》さんと二人《ふたり》、よくデートをしたっけなあ。」

「パパもママもずるいよ。ぼくをおいてきぼりにするなんて…。」

雨つぶのぼうやは、おこっていいました。

「ごめんなさい。ぼうやは、まだ生まれてなかったの。ここにいたわ。」

というと、雨つぶの母《かあ》さんはおなかをゆびさしました。

「ぼく、まだ生まれてなかったんだ。それじゃ、しかたないな。あははっ。」

「今《こん》ど、三人で夜空をながめよう。あまりきたいはできないけれど…。」

雨つぶの父《とう》さんは、ことばをにごしていいました。

「パパ、さっきの話のつづきだけど、どうして地球《ちきゅう》の大気《たいき》がよごれてしまったの?」

雨つぶのぼうやは、たずねました。

「よごれのげんいんは、人間たちが出す工場のけむりや、車のはい気ガスだ。その中には、ゆうがいな物質《ぶっしつ》が多くまざっている。人間たちは、開発のためといいながら、ようしゃなくけむりやはい気ガスを出すものだから、大気《たいき》はますますよごれていった。わたしたちの体も、それとともにはい色にそまっていった。『酸性雨《さんせいう》』って聞いたことがあるかい? あの病気にかかったら、わたしたちはおしまいだ。体の中に、ゆうがいなちっそ酸化物《さんかぶつ》やいおう酸化物《さんかぶつ》がはいってしまうんだ。」

「死んでしまうってこと?」

雨つぶのぼうやがおそるおそるたずねると、雨つぶの母《かあ》さんは、きびしい顔をしてコクンとうなずきました。

「明日《あした》にでも、ひっこしをしようか?」

「ええ、そうしましょう。星空の見えるところがいいわ。」

宇宙《うちゅう》のどまん中で、この話を聞いていたかみさまは、

「このままでは地球《ちきゅう》があぶない。全く、ひどいじょうたいだ。けんこうをとりもどすのは、ふかのうにちかい。そうだ、めつぼうした時のため、あたらしい地球《ちきゅう》をつくっておこう。ついでに、お日さまやお月さま、それから、火星に水星に木星に金星に土星も…。」

というと、大きなくしゃみをしました。

ちょうどその時、雨つぶの家ぞくは、かみさまのはないきで星空のよく見えるいなかにとばされました。

# 1　魔《ま》女《じょ》先生の正体《しょうたい》は?

ある学校に、『魔女《まじょ》先生』とよばれているへんてこりんな先生がいました。どことなく子どもっぽくて、先生らしくないのです。

この先生の正体《しょうたい》は、いかに? 魔女《まじょ》というのはただのよび名で、ふつうの人間なのでしょうか? それとも、よび名のごとく、ほんものの魔女《まじょ》なのでしょうか?

でも、今までに、魔女《まじょ》出身の先生がいるなんてとんと聞いたことありません。きっと、かしこいみなさんは、

「だまそうとしたってむだよ。そんな先生、いるわけないじゃない。」

と、口をそろえていうことでしょう。

ところが、どっこい、ほんとうにいたのです。魔女《まじょ》先生は、しょうしんしょうめいの魔女《まじょ》でした。おやつのジュースをふきだしちゃった君、とつぜん、おどろかせてごめんなさいね。

魔女《まじょ》の名前《なまえ》は、『まじょエツコ』といいました。エッちゃんは、ふるさとのトンカラ山から、この人間界《にんげんかい》にでてきて六年目。

子どもたちと、毎日、楽しく学校生活を送っていました。さいきんになり、ようやく、『プロ級テスト』の一つ目に合かくしたばかりの、しんまい魔女《まじょ》です。きっと、みなさんは、

「えっ、プロ級になったんだから、エッちゃんは、もう一人前《いちにんまえ》の魔女《まじょ》じゃないの？」

と、ふしぎな顔をしていうでしょう。

おどろくなかれ、プロ級テストには、むずかしいこうもくが十ほどもあったのです。エッちゃんが、一人前《いちにんまえ》の魔女《まじょ》になるためには、まだまだ時間がかかりそうです。そうそう、エッちゃんには、たよりになるあいぼうがいました。『ジン』という名の白ねこです。

これは、あわてんぼうで、まい日、しっぱいばかりしているどじな魔女《まじょ》のお話です。さあ、はじまり、はじまり！

エッちゃんのかよっている小学校は、今日《きょう》が一学期さいごの日。明日《あした》から、四十日間の夏休みに入ります。

魔女《まじょ》先生が、三年二組の教室にはいると、四、五人の子どもたちが、もうすでにきていました。

「あっ、魔女《まじょ》先生、おはよう。」

「おはよう。みんなはやいわね。」

魔女《まじょ》先生が目をまるくしていうと、じゅん君が魔女《まじょ》先生のそばにやってきて、

「おれ、いつもより、早く目がさめたんだ。なんだかうれしくってさ。」

と、そわそわしたようすでいいました。

　すると、ほかの子どもたちも、

「あたしもよ。」

「ぼくだってそうさ。」

といいながら、あつまってきました。

「だってね、夏休みになったら、家ぞくみんなで、ディズニーランドに行くんだもん。魔女《まじょ》先生、いいでしょ。」

まり子ちゃんがひとみをきらきらさせていいました。すると、けん君が、

「ぼくは、弟と二人《ふたり》で、いなかのおばあちゃんちに行くんだ。セミやトンボがいっぱいとんでるよ。」

といいました。

「けん君、いなかってどこ?」

「にいがたさ。」

「ええっー、にいがた? 小さな弟さんと二人《ふたり》だけで、こわくないの?」

魔女《まじょ》先生は、ひめいをあげました。

「こわくなんかないさ。いなかへは、小さいころから、何ども行ってる。いつの間にか電車ののり方をおぼえたんだ。」

「けん君はすごいわねぇ。」

魔女《まじょ》先生は感心していいました。

「お手紙書くからね。魔女《まじょ》先生もおへんじちょうだいよ。」

けん君は、にこにこしていいました。

学校は、あつさのきびしい七月の後半から八月いっぱいまでお休みです。九月になって少《すこ》しだけ日ざしがやわらいできたら、二学期がはじまります。

三〇どをこすあつさの中じゃ、勉強なんかする気になりません。せまい教室に、何十人もかたをならべ、二けたのわり算なんかしようものなら、あたまから湯気《ゆげ》をだして目をまわしてしまうでしょう。楽しくできるのは、水あびくらいのものです。しかし、一日中、すいえいばかりしているわけにはまいりません。

というわけで、毎年、夏休みはやってきます。あつい夏は、教室での勉強に、百パーセントむかないのです。

すずしい夏は、お休みがなくなるんじゃないかって心ぱいしているみなさん、大じょうぶ。あつくならなくても、夏休みはかならずやってきます。

「明日からとうとう夏休み。みんな、思い出をいっぱいつくってね。まっ黒に日やけして、九月になったらまた会いましょう。」

魔女《まじょ》先生は、にこにこしていいました。

「やったー！　とうとう夏休みだ。」

子どもたちは、口々《くちぐち》にさけぶと、うれしそうにかけだしていきました。

（どんなぼうけんが、まちうけているのかしら…。）

魔女《まじょ》先生は、子どもたちのせなかを見おくりながら、思いました。

その時、ぱたぱたとろうかをもどってくる音がしました。

（だれかな？）

魔女《まじょ》先生が首をかしげた時、教室の戸があいて、しょうへい君が顔をのぞかせました。はーはーとかたでいきをしながら、ランドセルをあけると何やらとりだして、

「わすれてた！　魔女《まじょ》先生、これ、お母《かあ》ちゃんから。」

といって、一通の手紙をさしだしました。

「しょうへい君、お母《かあ》さんのかぜのぐあいはいかが？」

魔女《まじょ》先生がたずねた時、しょうへい君のすがたはもうありませんでした。

何日か前、学校へ花をもってきてくださった時、

「ちょっぴりねつがあるんです。かぜをひいてしまったらしくって…。」

と、赤い顔をしておっしゃられたのです。


さて、手紙にはこんなことが書いてありました。

♥魔女《まじょ》先生へ
　きのうの夜、ねつがさがったので、しょうへいとおふろに入りました。
でも、体がつかれていたようで、ちょっとふらふらになってしまいました。頭がクラッとしたのです。
「あー、まだなおってないなあ。もう、あがろう。」

というと、しょうへいは、ざばっとおふろから出て、湯気《ゆげ》でくもったガラスに何やら書きました。そして、じゃぼんとおふろにとびこむと、すぐに、あがってしまいました。わたしは、

「何だろう？」

と思ってガラスを見ると、

『ガンバレ、お母《かあ》ちゃん』

と書いてありました
（いきなことするなあ。）

口に出していわれるより、何ばいも心にしみました。

　夜、ふとんに入ってから、

「おふろのあれ、わかったよ。ありがとね、しょうへい。」

といったら、にこにこしてだきついてきました。おかげで、わたしのかぜは、すっかりなおりました。


魔女《まじょ》先生は、この手紙を読んでうれしくなりました。

　しょうへい君のあたたかい心が、お母《かあ》さんのかぜを完全になおしたのです。にがいくすりやちゅうしゃより、しょうへい君のメッセージの方が、かぜにきいたのでしょう。

「しょうへい君、やるじゃない。」

魔女《まじょ》先生は、だれもいない教室で、つぶやきました。

その時です。水そうのきんぎょが、まるであいづちをうつかのようにはねました。

# 2　ひみつの小ビン

台所の時計が、一時をつげると、上のとびらからまっ黒けのカラスがあらわれて、トランペットをふきました。
「えっと、この曲名《きょくめい》は、たしか…、どうよう曲集《きょくしゅう》のさいしょのページに出てた。そうだ！『ななつの子』よ。」
エッちゃんがつぶやいた時です。下のとびらから、まっ白いたまごがコロンと出てきてくるくるまわりました。
「あれっ、いつもはハトがフルートをえんそうして、その曲《きょく》にあわせて七人の小人《こびと》がおどってたんじゃなかったっけ？」

エッちゃんは、ハトがまめでっぽうをくらったような顔でいいました。

時計からながれるメロディーは、時間によりかわります。お昼の時間、ふだんは学校なので、めったに聞きません。

それにしても、とつぜん、ハトがカラスになったり、小人《こびと》がたまごになったりするものでしょうか？

「あたし、目がわるくなったのかしら？」

エッちゃんは、首をひねりました。

その時、グーッとおなかがなりました。

「ああ、おなかがすいた！　何か、作らなくっちゃ。」

エッちゃんはエプロンをつけると、すぐに、お昼のじゅんびにとりかかりました。おなかがすいては、いくさはできません。

すいはんきをあけてみると、ごはんはからっぽ。これからスイッチを入れるのでは、時間がかかりすぎます。

くいしんぼうのおなかは、まちきれずに、おこりだすにちがいありません。だって、今すぐに食べたいのです。

「そうだ、スパゲッティでも作ろう。れいぞうこにひき肉があったはずだわ。」

エッちゃんは、ゆびをパチンとならすと、大きなおなべに水を入れました。

おゆがにたったところへ、パスタを花火のようにパラパラ入れます。こうすると、めんはくっつきません。

トンカラ山にいたころ、魔女《まじょ》ママがおしえてくれたのです。エッちゃんは、小さい時からおりょうりが大すきで、台所にいる魔女《まじょ》ママのお手伝いをよくしました。

「めんがゆであがるまでに、ミートソースだわ。ここがうでのみせどころ。」

まず、あつくねっしたフライパンに、みじん切りにした玉ねぎとにんじん、もどしたほししいたけとピーマンを入れていためます。やさいを入れたしゅん間《かん》、フライパンは、ジュワッ、ジュジュジューと、はでな音をあげました。

「いい感じ。おいしい音だわ。ルンルン♪」

エッちゃんは鼻歌《はなうた》まじりでいうと、心がぽんぽんはずんできました。次に、ひき肉を入れ、ぽろぽろになるまでよくいためます。この中にスープをそそぎ、強火でにたたせます。ぐつぐつにたってくるとアクがういてきます。この時、弱火にしてアクをていねいにすくいとります。

「エッちゃん、おりょうりはハート。あせっちゃだめ。一つひとつていねいにやるの。そうすると、おいしくできあがるのよ。」

魔女《まじょ》ママは、くちぐせのようにいっていました。おりょうりをしている時、エッちゃんの頭の中には、このことばがきまってうかびあがりました。

さいごに、トマトピューレを少しずつくわえてにつめます。こがさないよう、ようちゅういです。

「できたわ!」

エッちゃんは、できあがったミートソースをぺろっとなめると、

「これはいける! 目がさめるようなおいしさだわ。」

と、まんぞくそうな顔でいいました。

おいしいかおりが部屋中《へやじゅう》にたちこめると、ジンが顔をのぞかせました。

「ぼくのめんは、こまかく切ってくれよ。」

「オーケー、まかしておいて！」

ゆであがったためんをざるにとると、それぞれのおさらにもりつけます。できたてのミートソースをかけて、はいできあがり！

「ジン、あじはどうかしら？」

エッちゃんは、心《しん》ぱいそうにたずねました。ジンはひとくち食べると、

「ああ、まずまずだ。あんた、いつの間にかりょうりがじょうずになったな。だけど、ぼくはやっぱり『おさかなスパゲッティ』の方が口にあう。」

と、さびしそうにいいました。

「わかったわ。今《こん》どつくる時はそうする。」

エッちゃんは、コーンスープをわかし、しんせんなやさいをもりつけて、テーブルに出しました。スパゲッティにかつおぶしをパラッとふりかけると、ジンは、

「いいねぇ。このかおり。やっぱりあんたはさいこうのあいぼうだ。」

と、うっとりしていいました。

「いただきます。」

二人《ふたり》は、むちゅうで食べました。

　半分ほど食べた時です。エッちゃんは、

「そうだ！　タバスコ。」

といって、ちょうみりょうの入った戸だなをあけました。タバスコをとりだすと、おくに小ビンが見えます。

「あたしったら、ずっとわすれてた！　どれくらいたまったかしら…？」

エッちゃんは、戸だなのおくに手をやると、そっと小ビンをとり出しました。口のところに青と白の水玉もようのリボンが、ちょこんとむすんであります。

大きさは、みなさんのお母《かあ》さんが持っているこう水ビンくらいでしょうか。エッちゃんは、『ひみつの小ビン』と名づけ人目のとどかないたなの中に、こっそりとかくしておいたのです。

小ビンのふたをとると、とうめいな水が、あふれそうなほど入っています。

「あらまあ、いっぱいだわ。」

エッちゃんは目をほそめていいました。これがただの水なら、どうってことないのです。わざわざ、かくさなくたっていいはずでしょう？

小ビンは、コショウやトンガラシやタバスコのへいたいたちに、しっかりガードされていました。ほかの人が、少しでも手を近づけるとこうげきをはじめます。へいたいたちは、あいての顔をめがけて、じまんのこなをまきちらします。ようしゃなどしません。

ところが、今まで、だれ一人《ひとり》として手をふれる人はいませんでした。それくらいふつうの小ビンだったのです。

さあ、ここでしつもんです。

「とうめいな水の正体《しょうたい》は、いったい何だと思いますか？」

「わかった！　お酒でしょう。」

なんていってる君、あなたのお父《とう》さんは、お酒が大こうぶつにちがいありません。でも、ざんねんながらちがいます。

「おいしい水？　それとも、お酢《す》？」

それも、ちがいます。水やお酢《す》は、そんな小さな入れ物にわざわざ入れません。

むずかしいみたいなので、ひとつだけ、ヒントを出しましょう。

その水は、君たちが持っているものです。

「えっ、まさか、おしっこじゃ…。」

大はずれ。おしっこじゃありません。そんなものを戸だなに入れておいたら、くさくて鼻《はな》がひんまがってしまいます。

「こうさん、こたえをおしえて！」

それじゃ、せいかいをいいましょう。小ビンに入っていたのは、人間たちのあせとなみだでした。

これは、魔女《まじょ》たちにとって、とくべつ、大切《たいせつ》なものだったのです。なぜかっていうと、魔女《まじょ》たちのからだからは、あせとなみだが出ないからでした。

どんなにうごいても、あせは出ません。どんなにうれしいことがあってもかなしいことがあっても、なみだは一てきだって出ないのです。

でも、人間のみなさんには、しんじられないかもしれませんね。はんたいに、魔女《まじょ》たちにとって、人間たちのながすあせとなみだはとてもふしぎなものだったのです。

だって何のへんてつもないただの物に、この水をふりかけると、いのちがやどるのですから。

「スパゲッティがさめちゃうよ。」

ジンの声で、エッちゃんは、ふとわれにかえりました。

# 3　カラスのたまごがふえていく！

エッちゃんがテーブルにつくと、台所の時計が、ちょうど二時をつげました。

「あらまっ、もう。」

エッちゃんは、おどろいていいました。

　その声といっしょに、とびらからまっ黒けのカラスがあらわれて、トランペットをふきました。

「やっぱり、ななつの子だわ。」

エッちゃんがつぶやいた時です。下のとびらから、まっ白いたまごがコロン、コロンと出てきてくるくるまわりました。

「あらまっ、たまごが、二つになったわ。」

エッちゃんは、目を白黒させていいました。

（さっきは、たしかにひとつだったのに…。こんなことがあるものかしら。）

ジンは食じにむちゅうです。

「スパゲッティが、さめちゃうよ。」

「ジン、それどころじゃないの。カラスのたまごが、とつぜん、ふえたの。」

「カラスのたまご？　いったい、どこにあるんだい。あんた、タバスコのかけすぎで、頭がおかしくなったんじゃあるまいね。」

ジンは、心《しん》ぱいそうにいいました。

「そこのはしら時計よ。おことばをかえすようでわるいけど、タバスコはまだかけてないわ。」

エッちゃんは、しょうめんの時計をゆびさしながらいいました。

「何もないじゃないか。この時計は、ハト時計なんだ。時間になると、ハトは出てくるが、カラスは出ない。ハトのたまごだったら、まだわからないでもないけどさ。あんた、目の方は大じょうぶかい？」

ジンは、さらさらしんじようとしません。

「あたし、目はばつぐんなの。遠くまで、はっきりと見える。しんじられないかもしれないけど、カラスがトランペットをふいたら、白いたまごがたしかに出てきたわ。一時にはひとつだったのに、二時になったら二つにふえてたの。」

「ああ、まったくしんじられないね。さっきから何どもいってるけど、この時計は、ハトと七人の小人《こびと》が、時をつげるしくみになっている。いくら、時計がさかだちしたって、カラスのたまごはあらわれるはずがないんだ。」

ジンのくちょうは、だんだん、あらくなってきました。

「それじゃ、三時になったら、時計を見るといい。自分の目でたしかめれば、そんなこといえなくなるわ。」

エッちゃんはぷりぷりしながら、のこりのスパゲッティにタバスコをスパッスパッとかけました。

フォークでくるくるまいて、いきおいよく口にほうりこんだしゅん間、いすからとびあがりました。

「ヒェー、かっからい!」

あわててながしにかけだして、水をごくごくのみました。いくらのんでも、口の中がひりひりしました。

あまりのからさで、目からなみだがおちました。ジンは、あいぼうがかわいそうになって、

「わかった。三時に見るよ。」

というと、かつおぶしスパゲッティをたいらげました。


「もうそろそろだ。」

ジンはそうつぶやくと、はしら時計をじっと見つめました。

「あと十びょうよ。…三、二、一、ドカーン!」

エッちゃんがドカーンとさけんだしゅん間、時計は、ピューン、ピューン、ピューンと風の音を三つならしました。

その音といっしょに、とびらからまっ黒けのカラスがあらわれて、トランペットをふきました。

やっぱり、曲名はななつの子です。

「カラスだ！　ハトじゃない。いったい、どうなっているんだ。」

ジンがさけんだ時です。下のとびらから、まっ白いたまごがコロン、コロン、コロンと出てきてくるくるまわりました。

「あらまっ、たまごが、三つになったわ。」

エッちゃんは、目を白黒させていいました。

「ああ、どうやらあんたのいってたことに、まちがいはなさそうだ。」

ジンは、からだ中の毛をさかだてていいました。

「そろそろ、四時よ。」

二人《ふたり》は、はしら時計をじっと見つめました。時計は、ピューン、ピューン、ピューン、ピューンと風の音を四つならしました。その音といっしょに、とびらからまっ黒けのカラスがあらわれて、ななつの子をえんそうしました。

「やっぱりカラスだ。」

ジンがつぶやいた時、下のとびらから、まっ白いたまごがコロン、コロン、コロン、コロンと出てきてくるくるまわりました。

「あらまっ、たまごが、四つになったわ。」

エッちゃんは、目を白黒させていいました。

「ああ、ほんとうだ。」

ジンは、うなずいていいました。

「ジン、五時よ。」

二人《ふたり》は、はしら時計をじっと見つめました。時計は、ピューン、ピューン、ピューン、ピューンと風の音を五つならしました。

その音といっしょに、とびらからまっ黒けのカラスがあらわれて、ななつの子をえんそうしました。

「どう見てもカラスだ。曲《きょく》もかわらない。」

ジンがつぶやいた時、下のとびらから、まっ白いたまごが、コロン、コロン、コロン、コロン、コロンと出てきてくるくるまわりました。

「たまごが、五つになったわ。」

エッちゃんは、目を白黒させていいました。

「いったい、いつまでふえるんだろう?」

ジンは、ふしぎそうにつぶやきました。


「六時まであと少《すこ》しだ。」

二人《ふたり》は、はしら時計をじっと見つめました。時計は、ピューン、ピューン、ピューン、ピューン、ピューン、ピューンと風の音を六つならしました。

その音といっしょに、とびらからまっ黒けのカラスがあらわれて、ななつの子をえんそうしました。

「やっぱりカラスだ。ハトは、どこへ行ったんだろう?」

ジンが首をかしげた時、下のとびらから、まっ白いたまごが、コロン、コロン、コロン、コロ

ン、コロン、コロンと出てくるくるまわりました。
「たまごが、六つになったわ。」

エッちゃんは、目を白黒させていいました。

「この世に、こんなふしぎなことがあるなんて…。それとも、ぼくは、ゆめを見ているんだろうか?」

ジンは、ちんぷんかんぷんの顔でつぶやきました。


「とうとう七時。日もくれてきた。」

　外はうすぐらくなり、いつの間にかミンミンゼミがなきやんでいました。

「おなかがすいたと思ったら、もうこんな時間。でも、心《しん》ぱいはいらないわ。ごはんはたいてあるから、いつだって食べれる。」

「ありがたい話だ。でも、まだ、ぼくはおなかがすいてない。先に食べてくれ。」

ジンはそういうと、はしら時計をじっと見つめました。

「これを見てからにするわ。」

エッちゃんは、エプロンをつけるといすにすわりました。

　時計は、ピューン、ピューン、ピューン、ピューン、ピューン、ピューン、ピューンと風の音を七つならしました。

（もしかしたら、ハトにチェンジしているかもしれないわ。だって、夕方になるとカラスは山に帰るもの。）

エッちゃんは、ふと思いました。

その音といっしょに、とびらからまっ黒けのカラスがあらわれて、ななつの子をえんそうしました。

「うーん、あたしのよそうは大はずれ。」

エッちゃんがそうつぶやいた時、下のとびらから、まっ白いたまごが、コロン、コロン、コロン、コロン、コロン、コロンと出てきてくるくるまわりました。

「とうとうたまごが、七つになったわ。」

エッちゃんは、目を白黒させていいました。

「もし、このままふえていったら、たちまちこの部屋《へや》は、たまごでいっぱいになるだろう。」

ジンは、みぶるいしました。

「おちゃづけおいしかったわ。やっぱりごはんはいい！」

「ああ、さけちゃづけは、ぼくのこうぶつなんだ。ごちそうさま。」

「そろそろ八時よ。今《こん》どは、きっと、たまごが八つ出てくるんでしょうね。」

二人《ふたり》はそういうと、はしら時計をじっと見つめました。時計は、風の音を八つならすと、とびらからまっ黒けのカラスがあらわれて、ななつの子をえんそうしました。

「やっぱりカラス。」

エッちゃんがそうつぶやいた時、下のとびらから、まっ白いたまごが、コロン、コロン、コロン、コロン、コロン、コロン、コロンと出てきてくるくるまわりました。

「あらまっ、たまごが、七つのままだわ。」

エッちゃんは、目を白黒させていいました。

「どうしてふえないいんだろう？　数をまちがえたんだろうか。」

ジンは、首をかしげました。

「九時を見ましょう。」

「そろそろ九時だ。たまごは、ふえているだろうか？」

「ジンは、どう思う？　むしょうにどきどきしてきた。あたしは、二つふえて九こになっていると思うわ。」

エッちゃんは、ひとみをかがやかせていいました。

いつもだったら、目がしょぼしょぼして、ベッドにむかう時間です。なのに、今日《きょう》は、ちっともねむくありませんでした。

二人《ふたり》は、はしら時計をくいいるように見つめました。

時計は、風の音を九つならすと、とびらからまっ黒けのカラスがあらわれて、ななつの子をえんそうしました。

「ここまでは同じね。」

エッちゃんがそうつぶやいた時、下のとびらから、まっ白いたまごが、コロン、コロン、コロン、コロン、コロン、コロンと出てきてくるくるまわりました。

「あらまっ、どうしたことかしら？　たまごがまた、七つのままだわ。」

エッちゃんは、目を白黒させていいました。

「どうしてふえないんだろう？　七時までは、じゅんちょうにふえてきたのに…。」

ジンは、大きなためいきをつきました。

「そうよ、きっとそうにちがいない！」

エッちゃんは、とつぜん大声をあげました。

「どうしたんだい？」

「あたし、わかったの。どうしてたまごがふえないか…。ああ、のどがかわいちゃったわ。」

エッちゃんはとくいそうにいうと、れいぞうこからミルクを出してごくごくのみました。

「なぜだい？」

ジンは、エメラルド色のひとみをキラリとひからせました。

「まあ、そうあせらない。あのね、こたえはかんたん。カラスの歌は、ななつの子だったでしょ。だから、カラスの母《かあ》さんは、たまごを七つだけうんだわけよ。それいじょううんだら、歌に反《はん》するわ。」

エッちゃんは、ひとことひとことをかみしめるようにいいました。

「そうだったのか。でも…。」

ジンは、すぐにはなっとくできません。

「よし、たしかめてみよう。」

十時と、十一時と、十二時を、たしかめてみました。

　やっぱり、たまごはふえません。

# 4　たまごをとり出す

「ファアアアー、もうだめだ。」

ジンは十二時のたまごの数をたしかめると、そのまま、ゆかの上でねてしまいました。

となりの部屋からは、エッちゃんのごうかいないびきが聞こえました。時おり、くすっとわらいをうかべては、むにゃむにゃとねごとをいっています。

いったい、どんなゆめをみているのでしょう？　きっと、たのしいゆめをみているにちがいありません。その時です。エッちゃんは、とつぜん、

「それはたいへん！　なんとかしなくちゃ。」

といって、ベッドに立ち上がると、今《こん》どは、さかさまになってねてしまいました。

大じけんがおこったようです。いったい、何がおこったというのでしょう。

「エッちゃんのゆめが見たい。」

というお友だちのために、ここで、ちょっぴりしょうかいしましょう。


さあ、ゆめが見たいというあなたは、まぶたをかるくとじて、

「ケラヒヨラビトノメユ！」

と三回となえてください。すると、ゆめのとびらがひらきます。


――ゆめのとびらオープン――


カラスの母《かあ》さんが、七つのたまごをうみました。ところが、いくらあたためてもひなにかえりません。

「わたしの子どもたちは、みんな死んでしまった。」

カラスの母《かあ》さんは、かなしそうにたまごを見つめました。

するとそこへ、友だちのハトさんがやってきていいました。

「カラスさん、わたしの巣《す》へきてください。そこには、魔女《まじょ》が住んでいます。もしかしたら、魔《ま》法《ほう》の力であなたのたまごたちを生き返らせることができるかもしれません。一日だけ、巣《す》をこうかんしましょう。」

「ほんとうですか?」

「できるかどうかは、やってみなければわからないけどね。」

ハトさんは、わらっていいました。

「おねがいします。わたしを、あなたの巣《す》へつれて行ってください。」

カラスの母《かあ》さんは、ふかぶかと頭をさげました。

「わたしの巣《す》はすぐそこなの。ほら、その金色に光るあなにとびこんで。そこがわたしの巣《す》よ。一日たったら、むかえに行くわ。その間、わたしは、あなたの巣《す》で休ませてもらうけど、いいかしら?」

「もちろんですとも。」

というと、カラスの母《かあ》さんは、金色のあなにポーンととびこみました。


――――ゆめのとびらクローズ――――


「おはよう。ジンいないの?」

エッちゃんは台所に行くと、まっ先にはしら時計を見ました。あと、三分で八時になろうとしています。

「グッドタイミング!」

エッちゃんが、パチンとゆびをうちました。ゆかを見ると、ジンがねころがっています。

「うふふっ。ジンたら、何てかっこうしてるのかしら。」

ジンは、ゆかの上で、タワシをだいてねむっていました。夜中にねぼけて、もちだしたにちがいありません。

「へんなしゅみね。どうせなら、もっとすてきなものにすればいいのに…。」

エッちゃんがタワシをとりあげた時、ジンはようやく目をさましました。

「ファワーンニャ、おっおはよう。あんた、朝っぱらから、タワシなんかもって、どうしたんだい?」

ジンは、大きなあくびをしました。

「あんたがだいてたんじゃない。」

「ばかなこといわないでくれ。ぼくが、どうしてタワシなんか…。」

「あきれた! おぼえてないんだ。」

「こんなにいいお天気なのに、朝からからかうのはよしてくれよ。」

ジンが、青空をゆびさしていうと、台所の時計が、ちょうど八時をつげました。

「あらまっ、もう。」

二人《ふたり》は、はしら時計をじっと見つめました。時計は、ピューンと風の音を八つならしました。

その音といっしょに、とびらからまっ黒けのカラスがあらわれて、ななつの子をえんそうしました。

「きのうのカラスだ。」

ジンがつぶやいた時、下のとびらから、まっ白いたまごがコロン、コロン、コロン、コロン、コロン、コロン、コロンと出てきてくるくるまわりました。

「やっぱり七つ。カラスの母《かあ》さんが、あたしにたすけをもとめにきたんだ。どうにかして、このたまごをひなにかえしてあげなくちゃ。」

エッちゃんは、ぶつぶつとひとりごとをいいました。

「あんた、何をいってるんだい？」

ジンがふしぎそうにたずねると、エッちゃんは、

「そうか、あと、四時間しかないんだわ。」

といって、うでをくみました。

「さっきから、とんちんかんなことばかり。いったい、どうしたんだい？」

ジンは、また、たずねました。でも、エッちゃんは、その声が耳に入らないのか、

「たまごを生き返らせるには？」

といったまま、みうごきひとつしません。

「うーん。」

「あんた、さっきからへんだよ。いったい何を考えこんでいるんだい？」

ジンが、エッちゃんの耳元でさけびました。

「ジン、とつぜん大声ださないでよ。こまくがやぶれるじゃない！」

エッちゃんが、おこりだしていいました。

「だって、あんたときたら、しきりに何か考えこんで、ぼくがいくら話しかけても、答えはかえってこない。こうするより、ほかにしかたなかったんだ。」

ジンも、おこっていいました。

「そうとは知らず、ごめん。あのね、じつはきのう、ゆめの中で、カラスの母《かあ》さんがこうこうしかじか…、そして、ハトさんがこうこうしかじか…、というわけなの。」

エッちゃんが話し終えると、ジンは、

「それは、正《まさ》ゆめにちがいない。そうか、はしら時計のハトが、とつぜんカラスにかわって、へんだなと思っていたんだ。そんなわけがあったんだ。なるほど…。」

といって、大きくうなずきました。

「さて、どうしたらいいものか？　せいげん時間は、たった一日しかない。いっこくも早くたすけださないと、ハトさんがもどってきてしまう。」

ジンのことばに、とつぜん、ちんもくがおとずれました。

きのうの正午《しょうご》には、ハトからカラスにチェンジしていましたので、今日《きょう》の正午《しょうご》までになんとかしなければなりません。二人《ふたり》は、しんけんに考えました。

さて、一時間がたちました。

「九時になってしまったわ。うーん。どうしたらいのちが…。」

「これは、かなりむずかしいもんだいだ。」

いくら考えても、ちっともいい考えはうかんできません。

七つのたまごたちは、一ど出て、またすぐに、時計の中にきえていきました。カラスの母《かあ》さんのひょうじょうが、かなしそうにうつりました。

「カラスの母《かあ》さん、ごめんなさい。」

エッちゃんは、時計に両手をあわせました。十時になっても、だめでした。

「あたしったら、魔女《まじょ》のくせに、一わのカラスさえすくえないなんて…。しゅぎょうがたりないんだわ。あたし、自分がつくづくいやになってきた。トンカラ山に帰ろうかな。」

エッちゃんは、じしんをなくしかけていました。すると、ジンは、

「そういうなよ。あんたが、なげやりになったら、たまごたちはえいきゅうにすくえない。大切《たいせつ》なのは、さいごまであきらめないことだよ。今、思いつかなくても、考えつづけること。もしかしたら、いい考えがうかぶかもしれないじゃないか。あきらめるのはかんたんだ。いつだってできる。ぎりぎりまで考えつづけよう。」

といって、はげましました。

「わかった。そうしてみる。」

「そうだ、朝ごはんを食べよう。ぼくたちは大切《たいせつ》なことをわすれていた。」

「そうか、元気が出ないと思ったら、朝から何も食べてないんだ。」

エッちゃんは、そういうと、朝食のじゅんびにとりかかりました。

ふと、テーブルの上を見ると、小ビンがのっています。

「あたしったら、わすれてた。」

エッちゃんは、大声でさけびました。

「どうしたんだい?」

「ジン、十一時になったら、たまごたちをとりだそう。さいごのチャンスだわ。でも、間にあってよかった。きき一ぱつ。正午《しょうご》になったら、たまごたちはきえてしまうところだった。」

というと、小ビンを手にとってぎゅっとにぎりしめました。

「あんた、とうとう、ひらめいたね。」

ジンは、うれしそうにいいました。

「ええ、ジンのおかげよ。」

「どういたしまして。ところで、トンカラ山へは、いつ帰るんだい?」

「その話はやめて。もう、いじわるなんだから。」

エッちゃんは、てれくさそうにいいました。

「ところで、何をわすれていたんだい?」

「この小ビンよ。中の水を一てきかければ、いのちがやどる。」

エッちゃんは、ひとみをかがやかせていいました。

「そうか、その手があった。長い間、がんばってためたかいがあったじゃないか。きっと、カラスの母《かあ》さんも、大よろこびすることだろう。」

ジンは、小ビンをじっと見つめました。


さて、十一時まで時間がありません。エッちゃんとジンは、かんたんに目玉やきの朝食をとると、きがえをすませ、すぐにまた、台所へやってきました。

「ところでさ、どうやって、たまごをとるんだい?」

ジンは、たずねました。

「そうだ! このままじゃとどかない。時計の下に何か台をおかなくちゃ。」

というと、エッちゃんは、となりの部屋《へや》からきょう台のいすをはこびました。

のぼってみると、ちょうどいい高さです。これなら、たまごはらくにとれるでしょう。でも、たまごは七つもあります。その上、メリーゴーランドみたいに、ぐるぐるとまわっているのです。

もし、らんぼうにあつかえば、ひびがはいってわれるかもしれません。かといって、あんまりていねいにとっていたら、時計の中にかくれてしまいます。

「たまごを、すばやく、しかも、わらないでとるいい方法《ほうほう》はないものかしら？」

エッちゃんは、頭をひねりました。

その時です。ジンが、

「時計の下にあみをセットしておいて、両手でとったらどうだろう？　あみは、おさらとちがってショックが少ない。多少、ぶつかってもわれることはないだろう。それと、かた手より、両手の方が早い。あみをセットしておけば、両手がつかえるということさ。ほら、うまいぐあいに、玉ねぎのふくろがそこにあるじゃないか。」

と、ゆびさしていいました。

「グッドアイディア！」

というと、エッちゃんは、すぐに、あみのじゅんびをしました。

時計にくくりつけて、じゅんびはオーケーです。あとは、時間をまつばかり。


さて、時計は十一時をつげました。むねはどっきんどっきんして、からだがぶるぶるふるえました。エッちゃんは、台にのぼると大きくしんこきゅうしました。

「おちつくのよ！」

と、自分にいい聞かせました。

上のとびらから、カラスの母《かあ》さんが出てきて、ななつの子をえんそうすると、下のとびらから、まっ白いたまごが、コロンとでてきました。

「ゆっくりと、たまごをつかむんだ。」

ジンが、さけびました。たまごは、曲《きょく》にあわせ、つぎつぎととび出してきます。

エッちゃんは、出てくるたまごを、ひとつひとつていねいにつかんで、あみの中へ入れました。

「一つ、二つ、三つ、四つ、五つ、六つ、七つ。かんりょう！」

カラスの母《かあ》さんは、おどろいた顔をして、時計の中へ入っていきました。その時、エッちゃんは、すばやく、

「あたしにまかせて！」

といいました。

# 5　ゲツカースイモクキンドーニチ？

エッちゃんは、七つのたまごをテーブルの上にならべました。

「それにしても大きいわ。にわとりのたまごと同じくらいある。まぜたら、きっと見分けがつかないでしょうね。」

「ほんとうにカラスのたまごなのかなあ？」

ジンは、ふしぎそうにいいました。

「何をばかなことといってるの。カラスがニワトリのたまごをうむわけがない。もし、このたまごからヒヨコがかえったら、あのカラスは、黒いニワトリってことになる。」

「黒いニワトリ？　今まで、そんな鳥の話は聞いたことがない。」

「でしょう？　やっぱり、このたまごはカラスのたまごよ。」

「そういうことになるのか。」

ジンは、首をよこにしていいました。

「まあいいわ。そんなことより、魔法《まほう》の水のいりょくをためしてみましょう。」

というと、エッちゃんは、小ビンのふたをあけました。

スポイトを手にとると、しんちょうにすいあげました。

（たった一てきが、何千人ものあせとなみだなんだ。）

と思うと、ゆび先がふるえました。

七つのたまごに一てきずつたらし、じゅもんをとなえます。

「ヨケズサヲチノイニラコノツナナ！」

と、三どくりかえしました。

すると、どうでしょう。七つのたまごにひびが入り、いっせいにぱかっとわれました。

「まっ、まぶしい！」

「い、いったい、何が生まれたんだ？」

とさけぶと、エッちゃんとジンは、目をとじました。

部屋《へや》の中は、あまりのまぶしさで、目をあけていられません。まるで、子どものお日さまが、七ついっしょにかがやいているみたいです。

しばらくして、うす目をあけると、テーブルの上に、金色のはねをした鳥が、よちよちと歩いているのが見えました。

「金色のひなだわ。こんなまぶしい鳥、見たことない。もしかしたら、しあわせの鳥かもしれないわ。」

エッちゃんは、うっとりしていいました。すると、ジンは、

「でも、人間たちが見つけたら、きっと大さわぎさ。売ってお金もうけをしようとか、おりの中にとじこめて研究《けんきゅう》しようとするだろう。」

と、むずかしい顔でいいました。

「そうなったら、ひなたちはかわいそう。しあわせどころか、ふしあわせの鳥になってしまう。」

「ああ、そうだな。すがたをかくしていればいいんだけど、そんなことはできない。やがて、鳥はとぶだろう。それが本能《ほんのう》だ。」

ジンは、きびしい顔でいいました。

　金色のひなたちは、何も知らずに歩き回っています。その時、時計が十二時をつげました。上のとびらから、カラスの母《かあ》さんが顔をだすと目をまんまるにして、

「すごいわ！　その金色のひなたちは、わたしの子ども？」

と、さけびました。

「ええ、そうよ。まちがいなく、カラスさんの子どもよ。」

エッちゃんは、七つのひなたちを両うでにのせると、にっこりしていいました。

「魔女《まじょ》さん、ありがとう。生きていれば、子どもたちに、いつかどこかで会える。ゲツカースイモクキンドーニチ、母《かあ》さんのことおぼえていてね。」

というと、まんぞくそうな顔をして中にきえていきました。

「あっ、まって！　子どもたちをもどすわ。」

エッちゃんは、あわてて、下のとびらに七つのひなをのせました。そして、ひなたちに魔法《まほう》の水を一てきずつたらすと、あわてて、

「レアナニノモキイイナタダメノカホカニナレアナニノモキイイナタダメノカホカニナレアナニノモキイイナタダメノカホカニナ！」

と、じゅもんをとなえました。七つのひなたちは、ぴかぴか光りながら、時計の中へきえていきました。


「あたしたちのやくめは、ぶじにおわったわね。ところで、さっきカラスの母《かあ》さんがさけんだ、ゲツカースイモクキンドーニチっていうのは、どんな意味なのかしら？」

エッちゃんが、首をひねりました。

「ああ、じつは、ぼくも気になっていた。やっぱりあんたもか…。もしかしたら、日本語じゃないのかもしれないな。英語かドイツ語かフランス語か、それとも、ポルトガル語か？」

ジンは、『世界のことばじてん』をぺらぺらとめくりました。

「何かのあんごうかもしれないわ。」

というと、エッちゃんは、『だれでもたんていになれるひみつブック』をぺらぺらとめくりました。

「どこかにないかしら？　ゲツカースイモクキンドーニチ。うーん。」

「考えれば考えるほど、ややこしくなってきたぞ。うーん。」

二人《ふたり》は、うなったまま、まるでどうぞうのようにかたまってしまいました。

しばらくすると、エッちゃんが、カレンダーをゆびさしてさけびました。

「あんごうがとけたわ！」

「とけた？」

「ええ、たぶん…。あのね、ジン、間に休みを入れると、ゲツ、カー、スイ、モク、キン、ドー、ニチって読めない？　一週間《いっしゅうかん》の曜日《ようび》のことじゃないかしら。」

と、首をかしげていいました。すると、ジンは、

「ぜったいそうだ！　そうにちがいない。あんた、今日《きょう》はさえてる。」

と、こうふんしていいました。

「やっぱりそう思う？　とつぜん、ぴんときたのよ。ジン、ほめてくれてうれしいわ。でも、『いつもさえてる。』って、いってほしかったな。まあ、そんなことどうだっていいけどね。さけんだことばは一週間《いっしゅうかん》の曜日《ようび》として…。でも、ただの曜日《ようび》じゃないはずよ。一びょうでも時間がおしい時にさけぶんだもの。何か、大切《たいせつ》な意味《いみ》がかくされているはずだわ。」

エッちゃんは、時計をじっと見つめました。

「そうだな…。きっと、何かある。」

というと、ジンは大きくせのびをしました。その時です。とつぜん、ジンのひとみのおくがぴかっと光りました。

「あれっ？」

ジンは、テーブルの上にぽんととびのると、たまごのからをひとつひとつていねいにしらべはじめました。

「ジン、テーブルの上にのるなんて、おぎょうぎがわるいわよ。それに、とつぜん、たまごのか

らなんかじっと見つめてさ。いったい、どうしたっていうの？」

エッちゃんがたずねると、ジンは、

「なぞがとけたぞ！」

といって、ポーンと高くジャンプしました。

「えっ、とけた？」

エッちゃんも、あわててテーブルにとびのりました。

「あんた、おぎょうぎがわるいよ。さっき、ぼくにちゅういしたばかりだろう？」

「今だけは、とつべつよ。だって、なんもんがとけたかもしれないのよ。いつもじゃないわ。たまには、いいでしょう？」

エッちゃんがいきおいよくいうと、ジンは、

「ぼくだって、さっきはとくべつだった。」

と、ぽつんといいました。すると、エッちゃんは、

「そっか、ごめん。あやまるわ。あたしってそそっかしいから。」

といって、ぺろっとしたを出しました。

「いつものことだから、いいよ。もうなれたものさ。そんなことより、ここを、よく見てごらん？　からに、『モク』っていう文字が書いてあるだろう？　ほかのからにも、ほらっ、『スイ』とか、『キン』とかって書いてある。」

ジンは、からのひとつひとつを手にとると、じゅんにならべてみました。

「ゲツ、カー、スイ、モク、キン、ドー、ニチ。そうか！　これは、ひなたちの名前《なまえ》ね。カラスの母さんが、まちがえないように、子どもたちにつけたんだ。」

その時、エッちゃんのひとみは、金色のひなにまけないくらいかがやきました。

「そのとおりさ！　ぼくも、どうかんだ。あの時、カラスの母《かあ》さんは、自分《じぶん》の子どもたちにはじめて会った。おそらく、しゅん間てきに、名前《なまえ》をよんだのだろう。」

「名前《なまえ》をつけるってことは、一人《ひとり》ひとりをみとめるってこと。生まれてすぐに、名前《なまえ》でよばれるなんて、ひなたちはしあわせね。それにしても、生まれる前から、名づけていたなんて…。」

「なんて大きなあいだろう。」

「母《はは》のあいって、まるで海のようにふかいのね。」

エッちゃんは、かんどうをおぼえました。

さて、時計は一時をつげました。上のとびらから、ハトさんが出てきてフルートをえんそうすると、下のとびらから、七人の小人《こびと》が出てきておどりました。

「ハトにかわってるわ。ジン、あたしたち、ゆめを見ていたみたいね。」

「ああ、でも、これはじじつだ。だって、テーブルの上には、たまごのからがのこっているだろう？」

「そうね。たしかにおこったんだわ。」

エッちゃんがつぶやいた時、はしら時計からすんだ声がしました。

「ぽっぽっ、魔女《まじょ》さんありがとう。」

上を見上げると、ハトさんがにっこりしていいました。

「魔女《まじょ》さんのおかげで、カラスの母《かあ》さんは、いつもの元気をとりもどしました。もうだめだとあきらめていた子どもたちに、会えたのですから、どんなにうれしかったことでしょう。ところが、よろこんでいた矢先に、ひなたちが何もいわず、どこかへとんでいってしまったのです。カラスの母《かあ》さんは、前よりかなしんでしまいました。何も食べません。ねむりません。おそらく、このままでは、死んでしまうでしょう。そこで、魔女《まじょ》さんにおねがいです。ひなたちをさがしだしてほしいのです。カラスの母《かあ》さんは、わたしの大切《たいせつ》な友だちです。どうかたすけてあげてください。」

ハトさんのえ顔は、みるみるうちにきえ、かなしみにしずみました。

「そうだったの。ハトさんごめんなさいね。ひなたちがとびたったのは、あたしのせいだわ。あたしったら、金色のひなたちが、美しいはねのせいで、人間たちにねらわれると思ったものだから、ほかのものにへんしんするように魔法《まほう》をかけてしまったの。ひなたちは、自分の身をまもるために何かにかわったのよ。どこかで、生きていることだけはたしかだわ。」

エッちゃんが、力をこめていいました。

「それならよかった。きっと、カラスの母《かあ》さんも安心《あんしん》すると思うわ。でも、いばしょだけは知らせてあげたいの。七つの子どもたちのいどころをつきとめてください。」

ハトさんは、ふかぶかと頭をさげました。

「わかった。やってみる。あたしのせきにんだもの。」

エッちゃんは、コクンとうなずきました。

# 6　『カラスのひな座《ざ》』のかがやき

「こまったわ。ハトさんとあんなやくそくしちゃったけど、あてがまったくないの。」

エッちゃんは、うなだれていいました。

七つの子どもたちをさがすなんて、むりな話です。あてのないたびほど、つかれるものはありません。

「あんた、死んだたまごにいのちをふきこんで、金色のひなにかえしたじゃないか。もう少《すこ》し、じしんもちなよ。それにさ、先祖代々《せんぞだいだい》続く魔女家《まじょけ》の千代目《せんだいめ》。あんたの体には何でも可能《かのう》にする魔女《まじょ》たちの血《ち》が、どくどくとながれている。」

ジンは、元気づけようとひっしです。

「あれは、魔法《まほう》の水の力だもの。だれだってできる。それに、あたしは、まだしゅぎょうの身。いくら魔女《まじょ》でも、どうすることもできないわ。」

エッちゃんは、おちこんでいました。

「いったい、どうしたっていうんだい？　あんた、へんだよ。」

「なぜだかわからない。空の星をながめていたら、かなしい気持ちになってきたの。」

エッちゃんは、ぽつんとつぶやきました。

シャワーをあびてからベランダに出ると、空にはまんてんの星がかがやいていました。ぴかぴかひかっている星たちを見たら、なぜかさびしくなってきたのです。にぎやかな星たちが、エッちゃんの目には、家ぞくのようにうつったのかもしれません。

「美しすぎて、かなしくなることってあるんだわ。でも、この気持、男のあんたにはわからないでしょうね。」

「あんたも、女だったってことか。よかったじゃないか。」

「ひどいこといわないで！　あたしは、はじめから、れっきとした女性《じょせい》よ。はかなくて、おだやかで、つつましやかで、こんなみりょく的な女性《じょせい》がどこにいるっていうの？　あんたの目は、ふしあなだわ。」

というと、エッちゃんは、よくひえたミルクをごくごくとのみほしました。

「そのいきだ。やっと、あんたらしくなってきた。」

というと、ジンもおさらのミルクをペロペロなめて、あっという間にからにしました。

その時です。エッちゃんは、とつぜん、

「そうだ！　夜空にかがやいていた七つ星。あれは、もしや…。」

というと、あわててスリッパのまま外にとび出しました。手には、ぶあついずかんのようなものを持っています。

「おいおい、こんな時間にどこへ行くんだい？」

ジンも、あとをおってとび出しました。

「なんだ。ここか。」

エッちゃんは、家の前のサクラの木の下で、夜空をじっと見つめていました。ジンがそばによって行くと、

「ジン、あの七つ星を見て！」

といって、頭の上をゆびさしました。

はくちょう座《ざ》とわし座《ざ》の間に、見なれない七つ星が、きれいな円をえがくようにならんでいます。その明るさときたら、ふつうじゃありません。

「金色にぴかぴか光ってる。まるで、花火みたいだ。」

ジンは、目をほそめました。

「そうなの、まぶしいくらいでしょう？　あたし、毎日、空をながめてるけど、あんなに明るい星ははじめてだわ。」

「あの星は、何ていうんだろう？」

ジンは、きょうみしんしんです。

「気になるでしょう？　じつはね、しらべようと思って、星のずかんをもってきたの。でも、どこにものってない。やっぱり思っていたとおりだわ。」

エッちゃんは、ずかんをとじると、うれしそうにいいました。

「夏の夜空《よぞら》の中で、一番のかがやきをはなっているのは、『夏の大三角形』とよばれる三つの星。その三つとは、こと座《ざ》のベガと、わし座《ざ》のアルタイル、それに、はくちょう座《ざ》のデネブ。このずかんには、それより明るい星座《せいざ》のことなんて、さっぱりよ。」

「ということは、あの星座《せいざ》は、ついさっき、できたってことになる。それが、じじつなら、ぼくたちは、あの星座《せいざ》の第一発見者《はっけんしゃ》ってことだ。こりゃ、のんびりなんかしてはいられない。すぐにつうほうしよう。ぼくたちは、たちまち有名人になる。」

ジンは、しっぽをぴんとたてて毛づくろいすると、つづけていいました。

「さっそく、この星座《せいざ》に名前《なまえ》をつけよう。うーん、発見者《はっけんしゃ》の名前《なまえ》をとって、『魔女《まじょ》とジン座《ざ》』っていうのはどうだい？」

「魔女《まじょ》とジン座《ざ》か、ちょっといいわね。なんてじょうだんいってるばあいじゃないわ。ジン、つうほうなんてやめて！　ハトさんとのやくそくがあるじゃない。」

「おかしなことをいうなよ。ハトさんとのやくそくと、七つ星の発見の、どこにつながりがあるんだい？」

ジンは、ちんぷんかんぷんの顔をしていいました。

「あたしがここにきたのは、七つ星がみょうに気になったからなの。きのうまでなかった七つ星が、とつぜん、夜空《よぞら》にあらわれたってじじつにピンときたの。」

「それは、さっき聞いた。すごい発見じゃないか。でも、ハトさんとのつながりは?」

ジンは、まだなっとくがいかないといったようすです。

「あんた、にぶいわね。七つ星よ。ジン、よく考えてみて! これがわからなきゃ、あんた、あたしのあいぼうしっかくだわ。」

エッちゃんは、少しいらいらしてきました。

「七つ星ね…。うーん、何だろう? 七わのひなたちがいなくなって、夜空《よぞら》にとつぜん、七つ星があらわれた。あっ、そうか! わかったぞ! あんたがいいたかったのは、金色のひなたちがあの星になったってことじゃないか?」

ジンは、ぞくぞくしてきました。

「そのとおり! だとすると、あの星がとつぜん、あらわれてもふしぎはないでしょう? 星の数がちょうど七つだったものだから、ピンときたのよ。ジン、さっそく、明日《あした》からぼうけんよ。『カラスのひな座《ざ》』に行って、七つ子たちのようすをとことんみてきましょう。」

エッちゃんのひとみは、きらきらとかがやきをましました。

「『カラスのひな座《ざ》』? ちょっといいづらいな。カラス座《ざ》じゃだめかい?」

ジンは、あやうくしたをかみそうになりました。

「カラス座《ざ》っていうのは、春の星座《せいざ》にあるのよ。ゆがんだ四角形の形に星がならんでいるの。同じだと、ややこしくなるもの。」

「あんた、いつの間にか、星座《せいざ》のことにくわしくなったね。」

ジンは、感心《かんしん》していいました。

「あたしって、夜空《よぞら》がとってもすきでしょ。広い宇宙《うちゅう》をながめていると、ロマンチックで、この上なくしあわせな気持ちになってくるの。毎ばんながめているうちに、しぜんとおぼえたわ。ところで、ジン、明日《あした》からのぼうけんについてくるの？　こないの？　はっきりしてよ。」

「もちろん、行くさ。魔女《まじょ》さんに、おともいたしましょう。それとも、ぼくは、あいぼうしっかくかい？」

「うふふっ、ごうかくよ。さっきのはかるいじょうだん。あんた本気にしてたんだ。一人《ひとり》たびは、心ぼそくっていやなものよ。あんたがいれば、ゆう気も百ばい！」

エッちゃんは、にこにこしていいました。


その時、台所のはしら時計は、九時をさしました。ハトさんがとびらから顔を出すと、きょとんとした顔で、

「戸をあけっぱなしで、どこへ行ったのかしら…。ぶっそうだわ。ぽっぽっ。」

というと、また時計の中へきえました。ハトさんが、この話を知ったら、どんなによろこんだことでしょう。

そのばん、ジンはふとんの中で、

（七つ星があらわれたからって、それが、七わのひなたちだってしょうこはどこにもない。ぼうけんにさんせいしたけど、ちょっと、あさはかだったかなあ。）

と、思いました。

# 7　ぼうけんのはじまり

　カーテンをあけると、山の間から明るいお日さまが、ちょうど顔を出すところでした。

「グッド、タイミング！」

エッちゃんは、ねむい目をこすりながら、パチンとゆびをならしました。

夜のようせいたちは、スミレ色のまくをきっちり上まであげると、お日さまに向かい、

「あとは、よろしくおねがいします。」

といって、山のかなたにとんでいきました。お日さまがにこっとすると、あたりは、しだいに

明るくなっていきました。

「とうとう、ぼうけんのはじまりだわ。」

エッちゃんは、ベッドの上でしずかにつぶやきました。

「ああ、そうだな。おはよう。今日《きょう》はやけにはやいじゃないか。ファーアィア。」

ジンは、エッちゃんの足の間からむっくり顔を出すと、気持ちよさそうに大あくびをしながらいいました。

「おはよう、ジン。あんたこんなところにいたんだ。夜明けが、こんなに美しかったなんて…。まるで、あたしたちのぼうけんをたたえているかのようね。」

エッちゃんは、うっとり目をほそめました。

「このふうけいは、いつもとおんなじだ。いったい、どこがちがうっていうんだい?」

ジンは、首をひねりました。

　目の前にくり広げられているふうけいは、ジンがいうように、いつもと同じでした。でも、エッちゃんには、とくべつ美しくかんじられたのです。


エッちゃんは、食後のコーヒーをひとくちのむと、

「カラスのひな座《ざ》って、どんな星なのかな? できたてほやほやだから、ゆげがたっているかもしれない。どきどきするわ。」

といって、むねをおさえました。

「さて、しゅっぱつする前に、いちをたしかめておこう。」

「そうね。あたらしい星だから、地図も何にもない。手がかりは、星のかがやきだけ。あたし、

空を見てくる。」

というと、外にかけだしました。ところが、すぐにまた、もどってきて、

「たいへん！　七つ星が見えないわ。」

と、青い顔をしていいました。すると、ジンは、クックッとわらいながら、

「そのために、ぼうえんきょうがあるんだ。昼間の星は、にくがんでは見えないさ。でも、光をあつめれば見える。口径《こうけい》が十センチのぼうえんきょうは、にくがんで見るばあいにくらべて、やく四百ばいの光をあつめることができるんだ。これだけの光をあつめれば、ひとみに入る光が強められて、昼間でも星が見えるってわけさ。ほら、お日さまの光をあつめると、マッチのかわりになるだろう。あれと、まったく同じしくみだよ。」

といって、ぼうえんきょうをのぞきました。

「ほら、あった！」

「あたしにも見せて！」

エッちゃんがのぞくと、まっさおな空に、金色のともしびが輪《わ》になってチロチロもえていました。

「あったわ。たしかに七つ。しんじられないわ。昼間に星が見えるなんて…。」

「見えないと思うから、見えないんだ。ぜったいに見えると思って工夫《くふう》すると、見えるものなんだよ。だって、考えてごらん？　きのうまであった星が、今朝《けさ》になって、とつぜん、きえると思うかい？　そっちの方がぶきみだ。」

というと、ジンは、つめたくなったレモンティをひとくちでのみほしました。

「そうか！　ジンってたよりになるわ。」

「それほどでもないよ。あんたも、たまにはレモンティをのむと、頭のはたらきがよくなるかも

しれないよ。レモンには、ビタミンがほうふにふくまれている。」

ジンは、まじめな顔でいいました。すると、エッちゃんは、台所からレモンをまるごともってきてかじりました。

「すっぱい！」

というと、顔をしかめ手足をばたばたさせました。

そして、部屋《へや》を行ったりきたり、しばらくの間、とびまわりました。その時、しんどうで、戸口にあったほうきが、ぱたっとたおれました。

「朝はやくから大さわぎして、いったい何があったんじゃ？　せっかく、いいゆめをみていたのに…。星の王子さまは、きえてしまったじゃないか。」

ほうきのばあさんはおきあがると、ぷりぷりしていいました。

「ごめんなさい。でも、めざめてくれて、ちょうどよかったわ。あたしたち、カラスのひな座《ざ》に行きたいの。たった今、うんてんをおねがいしようと思っていたところ。」

「そいつはむりだ。」

「どうして、ぐあいでもわるいの？　いつも、のせてくれたじゃない。」

エッちゃんは、ふしぎそうにいいました。

「カラスのひな座《ざ》？　そんな星が、ほんとうにあるのかい？　知らないなあ。おばばは、この世にずっと長いことくらしておるが、そんなおかしな名前《なまえ》の星座《せいざ》は、一ども、耳にしておらんのじゃよ。もともとない星座《せいざ》には、行けないというわけじゃ。なにしろ、わしの頭には、全天《ぜんてん》の星がすべて入っておるのじゃからな。まちがいはない。」

ほうきのばあさんは、じまん気《げ》にせきばらいをしました。

「今までは、なくてとうぜん。だって、その星座《せいざ》は、きのうできたばかりなんだもの。」

「えっ、きのうできた？」

というと、ばあさんのほそい目は、ボールのようにまるくなりました。

「どうやら、カラスのひなたちが、とんで行って星になったらしいの。はっきりとわからないけどね。だから、ばあさんが知らなくたってふしぎはないわ。」

「そうじゃったのか…。わしとしたことがはずかしい。いくらきのうのことでも、毎ばんながめていれば、そのへんかに気がついたはずじゃ。このところ、うだるようなあつさで、ついついなまけ心がでていたのかもしれないな。」

ほうきのばあさんは、しらが頭をかいていいました。

「ところで、空のうんてん、おねがいできるかしら？」

エッちゃんは、心《しん》ぱいそうにたずねました。

「もちろんじゃよ。あんたらが、行かなくたって、わし一人《ひとり》でも行くさ。わっはははっ…。」

ほうきのばあさんの声は、ぽんぽんとはずんでいました。


「さあ、しゅっぱつだ。」

さっそく、二人《ふたり》はほうきにのりこみました。

「カラスのひな座《ざ》へレッツゴー！　おばば、よろしくね。」

「まかしておくれ。わしは、光をからだでかんじることができる。まようことはないじゃろう。」

ほうきのばあさんの声は、昼間の空高くひびきわたっていきました。

今朝《けさ》、できたてのしんせんな空気をぱくぱくすうと、ばあさんは、ぐんぐんとスピードをあげました。

　スズメのしんこんさんが、おどろいていいました。

「ばあさん、そんなにいそいで、どこへ行くの?」

「ちょっと、そこまで。それより、けっこんおめでとう。やっぱり、いっしょになったんじゃな。よくおにあいじゃ。」

というと、すぐにおいぬきました。

　モズ学校の一年生たちは、しゅうがくりょこうのさいちゅうでした。

「ばあさん、そんなにいそいで、どこへ行くの?」

「ちょっと、そこまで。それより、君たちはとうとう、一年生か。大きくなったものじゃ。いろんなところを見学するといい。」

というと、すぐにおいぬきました。

　ムクドリのしまいは歌のれんしゅうをしていました。

「ばあさん、そんなにいそいで、どこへ行くの?」

「ちょっと、そこまで。それより、二人《ふたり》とも歌がうまくなったな。のどじまんに出たらゆうしょうするにちがいない。」

というと、すぐにおいぬきました。

　ほうきのばあさんは、わき目もふらず、まっすぐにつきすすみました。エッちゃんとジンは、ふりおとされないように、じっとほうきにしがみついていました。

　やがて、とおくに、金色にかがやく星が見えてきました。

「あれだ!」

ばあさんがさけんだ時です。

とつぜん、七つ星があらわれました。金色の光は、まばゆいばかりです。

「たすけて！　目がやけどしそう。」

エッちゃんがさけんだ時、ばあさんは、

「目をとじるんじゃ！　そうじゃ、いい考えがある。」

というと、いきおいよく光のまん中にとっしんしました。

「もう大じょうぶ。エッちゃん、目をあけてごらん？」

ほうきのばあさんは、ほうきをとめていいました。

エッちゃんが、おっかなびっくり、目をあけると、まぶしくありません。

「いったい、どうして？」

「ここは、七つ星のまん中さ。『光の目』っていうんだ。『たいふうの目』と同じで、まん中はおだやかなんだ。外みたいに、まぶしすぎて目をあけられないということはない。」

ジンがせつめいすると、そばで聞いていたほうきのばあさんは、

「そのとおりじゃよ。さすが、ジン君は頭がいい。」

といって、ほめたたえました。

「さてと、どの星にしようか。」

エッちゃんは、わくわくしてきました。

「七つ一ぺんにはむりだ。どれでもいいからのぞいてみよう。」

ジンがいうと、ばあさんは、すぐに、

「よっしゃー、りょうかい！」

# 8　母さんからの手紙

　ドシン！　というにぶい音がしました。ばあさんが前のめりになり、からだを地面にぶつけると、エッちゃんとジンはふわりとまい上がりました。

「あれっ、からだがういてるわ。まるでふうせんみたい。」

　手をうごかすと、おもしろいように空中をすすみました。

「見て、ジン！」

エッちゃんは、平およぎのまねをしながら、とくいそうにいいました。

「あんた、およぎがうまくなったな。水の中じゃおよげないけど、ばっちりだ。よし、ぼくも…。」

というと、ジンは、りょう手をかた方ずつ、手前にかくようなかっこうをしました。『いぬかき』ならぬ、『ねこかき』です。

「ジンだって、なかなかよ。」

エッちゃんにほめられると、ジンは、とってもいい気持ちになりました。

「およげない子どもたちも、ここへくれば、だれだっておよげるのにね。ゆうへい君や、やすよちゃんだって、たちまちおよぎの名人よ。」

エッちゃんは、クラスの子どもたちをなつかしく思い出しました。

「ついにわかった、お月さまだ！　以前《いぜん》、どこかで、これと同じようなこうけいを見たことがあると思っていたんだ。月にちゃくりくしたひこうしたちは、みんな、こうしてういている。このげんしょうは、どうやら重力のかんけいでおこるらしい。」

ジンは、地上に足をつけると、ひとみをかがやかせていいました。

そこへ、一わのカラスがやってきました。

「魔女《まじょ》さんじゃないですか！　どうして、ここへ？」

「カラスさんは、どうして、あたしのこと知ってるの？」

エッちゃんは、おどろいてたずねました。

「だって、ぼくは、あなたからいのちをさずけてもらった金色のひなだもの。いのちのおん人をわすれるわけがない。」

「でも、そのはねの色…？」

エッちゃんは、ふしぎそうにたずねると、カラスは、

「あっ、そうか、はねの色が、へんかしたから、わからなくなってしまったんだね。この星にやってきたら、とつぜん、黒くなったんだ。そう、母《かあ》さんのようにね。」

といって、なつかしそうな目をしました。

「お母《かあ》さんは、あなたたちのことを、とても心《しん》ぱいしているわ。とつぜん、ゆくえがわからなくなったので、ずいぶん気おちされているらしいの。それで、あたしたちが、さがしにきたってわけ。あっ、もう一人《ひとり》、あいぼうをつれてきたんだけど、どこにいるのかしら…？　きっと、そのへんをうろうろしてるはずだわ。」

エッちゃんがきょろきょろすると、ジンはちょうしにのって、まだ、ねこかきをしていました。

「あの方ですね。」

「そうなの。あいさつもしないで、ごめんなさいね。」

エッちゃんは、はずかしそうにあやまりました。

あたりには、月見草の花がいっぱいにさきほこっています。黄色い花畑が、どこまでもずっとつづいていました。

「きれいね。美しい星だわ。」

エッちゃんはうっとりながめました。

「じつは、ついさっき芽《め》が出て、たった今花がひらいたのです。」

「えっ、いったい、どういうこと？」

エッちゃんがおどろいていうと、カラスは、

「ぼくにも、まったくわけがわかりません。ここへきてから、ふしぎなことばかりおこります。まるで、きつねにつままれているようで、ぼくには、ほんとうのことは、思えないのです。魔女《まじょ》さん、ぼくの話を聞いてくださいますか?」

というと、エッちゃんのひとみをじっと見つめました。

「ええ、あたしなんかでよければ…。」

エッちゃんは、月見草の花畑にこしをおろしました。そして、カラスの方をむき、人さしゆびをさしだすと、カラスは、すみませんというように頭を下げてとまりました。

月見草のつぼみは、つぎつぎに花を広げると、ますます美しくかがやきだしました。

カラスは、ぽつりぽつりと話しはじめました。

「いのちがやどったあの日、ぼくたちは、はじめて母《かあ》さんのあたたかいむねにだかれた。すっかり気持ちがよくなって、うとうとしはじめた時、くちばしに水てきがおちてきたんだ。ふしぎに思って上を見上げると、母《かあ》さんのなみだじゃないか。何てあたたかいんだろう。そう感じたとたん、くちばしがしびれ、むねがいたくなってきた。『これからは、ずっと母《かあ》さんといっしょ。うれしいな。』そう思ったとたん、ぼくたちのからだは空にうき、夜空をはばたいていた。とおくから、母《かあ》さんのさけび声が聞こえてきた。ぼくは、すぐにもどろうと思った。でも、もどれなかった。何か、目に見えない強い力に、ぼくたちは、ひっぱられているようだった。空のさい上階までくると、せなかに白いはねをつけた天使がやってきて、こういったんだ。『ふしぎね。あき星が、ちょうど七つあるの。まるで、あなたたちがくるのを予感《よかん》してたみたい。おつかれでしょう?　一人《ひとり》、ひと星ずつ、つかってくださいね。』ぼくたちは、いわれるままに、あき星に入った。つかれきってしまい、考える力などこれっぽっちもなかったんだ。それに、もうどうでもよかった。ただ、ぐっすりとねむるばしょがほしかった。ぼくが、星のドアをあけたしゅん間、また、ふしぎなことがおこった。まっくらだった星に、とつぜん明かりがともったんだ。ひきかえに、ぼくの体はまっ黒になった。すると、今《こん》どは、地面からみどりの芽《め》がでて、どんどん大きくなった。そのうちつぼみがついてふくらんで、とうとう、花がさいたんだ。このとおり、まんかいさ。これは、ついさっきのできごとなんだ。魔女《まじょ》さん、こんなふしぎなことが、この世のことだなんて思えるかい?」

カラスは、エッちゃんのひとみをのぞきこむようにいいました。

「そうだったの。ふしぎなことが、あるものね。あたしには、とうていこの世のこととは思えないけど、げんじつにおこったことだもの。しんじるよりほかないわ。それにしても、こんなすてきな星にすめるなんてラッキーじゃない。あたしったら、あなたたちは、星になったものだとばかり。」

エッちゃんがいうと、カラスは、

「星? そりゃまた、どうして?」

といって、目をまるくしました。

「夜空《よぞら》をながめていたら、とつぜん、見たことのない七つ星があらわれるじゃない。てっきり、かんちがいしちゃたの。」

「そんな大それた力など、ぼくたちには、ないよ。そんな力があるのだったら、母《かあ》さんのところへもどりたい。」

カラスは、さびしそうにいいました。

「ごめんなさい。かなしいことを思い出させちゃったわね。ところで、まだ、あなたの名前《なまえ》を聞いてなかったわ。」

「ぼくの名前《なまえ》は、何ていうんだろう? そういえば、たまごのからには、『ゲツ』って書いてあったけど…。」

カラスは、その時、名前《なまえ》を知らないことに気づきました。


そこへ、赤いかばんを下げたワシがやってきて、

「空のゆうびんです。金色のひなさんは、こちらにいますか? さしだし人は、夕日ケ丘《ゆうひがおか》のカラスです。その方から、『金色のひなたちに、一こくも早くとどけてほしい。』といういらいがありましたので、休みなくとんでまいりました。」

といって、手紙を見せました。

「よく、ここがわかりましたね。」

カラスが、おどろいていいました。

「スズメのしんこんさんから、金色のひなたちは、たしかにこの星に入ったと聞いてやってきたのです。でも、あなたは、黒いはねをしていらっしゃる。どうやら、まちがってしまったようです。」

ワシは、頭をかくとはずかしそうにわらいました。

「いいえ、今はまっ黒ですが、ついさっきまでは、金色をしていました。まちがいではありません。しんじてもらえるとありがたいのですが、でも、むりでしょうね。」

カラスがしんけんなひょうじょうでいうと、ワシのゆうびんやさんは、

「そうですか。あなたをしんじましょう。」

といって、手紙をわたしました。

「さっき、さしだし人は、夕日ヶ丘《ゆうひがおか》のカラスとおっしゃいましたね。夕日ヶ丘《ゆうひがおか》は、ぼくのこきょうなのです。母《かあ》さんが、一人《ひとり》ですんでいます。」

カラスは、目頭《めがしら》があつくなりました。

「そうでしたか。あなたのお母《かあ》さんは、七通の手紙をわたしのところに持ってこられました。それは、もう大切《たいせつ》そうに、ぬのでつつんでおいででした。それでは、たしかにおわたししました。わたしは、次の星に、まいりますので、あしからず。」

というと、ワシのゆうびんやさんは、きえました。


さて、ふうとうをあけると、中から、やっぱりおそろいのまっ白いびんせんがとびだしました。ひらくと、こんなことが書いてありました。

♥子どもたちへ

元気でいますか？　あなたたちがいなくなり、母《かあ》さんはすっかりおちこんでしまいました。母《はは》おやらしいことを何もしてやれず、なさけない気持ちでいっぱいです。

あなたたちがとびたった時、わたしはしっぱいに気づきました。そう、名前《なまえ》をいうのをわすれてしまったのです。名前《なまえ》は、あなたたちに会うずっと前からきめてありました。

（名前《なまえ》）（あいしょう）

1　長女　ニチ　サン
2　長男　ゲツ　ムーン
3　次男　カー　ファイヤー
4　次女　スイ　ウォーター
5　三男　モク　ウッド
6　三女　キン　ゴールド
7　四男　ドー　アース

この名前を、あいしてくださいね。父《とう》さんと、いっしょうけんめいに考えてきめたのです。

どこにいても、あなたたちのことはわすれません。

いつの日か、あなたたちに会える日をしんじています。

（母《かあ》さんより）

「すごい！　七人きょうだいの名前《なまえ》が全部書いてある。ぼくの名前《なまえ》は…？　あっ、これだ！　ゲツ　ムーン。いい名前《なまえ》だ。」

カラスはとびあがりました。

さて、ここだけの話ですが、ひなたちの、ほんとうの名前《なまえ》の由来《ゆらい》はこうでした。

わすれっぽい母《かあ》さんのために、父《とう》さんが、いいました。

「子どもたちに、一週間のよう日を名づけよう。これなら、母《かあ》さんも、ぜったいにわすれない。」

「あらまっ、なんてすてきな名前《なまえ》！　さすが、あなたね。」

かんたんにきまったのです。

ひなたちには、くれぐれもないしょにしておいてくださいね。

# 9　かみさまの計画

宇宙《うちゅう》のどまん中で、かみさまは、はなうたを歌いながら、カードうらないをしていました。いったい、何をうらなっているのでしょう？

少《すこ》したつと、はなうたがやみ、とつぜん、ひょうじょうをかえました。かみさまは、うらないの手をとめると、あわてて天使をよびました。

「七つのあき星は、どうした？　わたしのカードうらないによると、今《こん》ど、あの星に入るものたちが、宇宙《うちゅう》の子どもになる。」

「えっ、宇宙《うちゅう》の子ども？　ねぇ、かみさま、宇宙《うちゅう》に、子どもなんているの？」

天使は、ふしぎそうな顔をしてたずねました。

「ああ、もちろんいるさ。生きものには、みな、れい外なく子どもがいる。自分たちのしゅぞくがぜつめつしないよう、新しいいのちをうみだしてから死んでいく。それが自然界《しぜんかい》のほうそくさ。むいしきのうちに、いのちのバトンを手わたしているのだ。宇宙《うちゅう》だって、また同じ。小さなたまごから生まれた生きものなのだ。ざんねんなことだが、死はさけられん。いずれやってくる死のために、子どもをのこさねばならない。大宇宙《だいうちゅう》がぜつめつしたしゅん間、宇宙《うちゅう》の子どもが、かわって大宇宙《だいうちゅう》になれば、宇宙《うちゅう》はえいえんにほろびることはないだろう？　今まさに、宇宙《うちゅう》は、子どもをつくるじきにきたのだ。うらないによれば、まるい円をえがくようにならんでいる七つの星が、宇宙《うちゅう》の子どもだという。わたしのうらないは、百ぱつ百中。けっしてはずれることはない。なぜかっていうと、そうぞうしたことが、そのままげんじつになっていくからだ。無《む》からは、何も生まれない。わたしのそうぞうが、未来《みらい》をつくっていくのだ。それが、かみさまのつとめというものさ。」

というと、かみさまのひとみは、きらきらとかがやきました。まるで、目の中に宇宙《うちゅう》があるみたいです。

「かみさまって大へんなのね。」

天使は、ふーっと大きなためいきをついていいました。

「どうしてだい？」

「だって、未来《みらい》のかぎを、たった一人《ひとり》でにぎってるんだもの。かみさまは、こわくないの？」

天使は、バンビのようなひとみをぱちくりさせながらたずねました。

「こわくないといえばうそになる。だけど、こわがってるばあいじゃないだろう？　自分《じぶん》をしんじて、全力をつくすのみさ。あとは野となれ、山となれだ。宇宙《うちゅう》がいつまでも平和で、そして、生きものたちがしあわせでありますようにってねがっていれば、せんたくをあやまることはない。しかしな、このごろ、からだが少《すこ》しだるいのじゃよ。わたしも、年をとったものだ。わかいころはつかれ知らずだったのに…。」

かみさまはさびしそうにいうと、まがったこしをとんとんたたきました。

「あたし、いいもの持ってる！　かみさま、つかれた時には、これを食べて。」

天使は、ポケットからぎん紙につつまれたおかしをさしだしていいました。

「わたしにくれるのかい？」

かみさまが、にこにこしながらつつみをとると、中からこげちゃ色のいたがとび出しました。

「かべみたいだな。これは、何ていう食べものだい？」

「チョコレートっていうの。地球《ちきゅう》の星では、大人気《だいにんき》よ。でも、食べすぎにはちゅういしてね。むしばになってしまう。かみさまにむしばはにあわないもの。お口にあうかしら…？」

天使は、心《しん》ぱいそうにいいました。

かみさまは、どきどきしながら、かじってみました。

チョコレートが、口の中でトローリとけると、

「うまい！　体中がしびれるようだ。今まで、こんなに、うっとりするものをいただいたことがない。」

と、さけびました。

かみさまは、あんまりおいしいので、

「あと、ひと口だけじゃ。」

といいながら、どんどん食べました。そのうち、だんだんいい気分《きぶん》になってきました。

「あっ、しまった！　わたしったら、まちがえて、ブランデー入りのチョコレートをわたしてしまったんだわ。」

天使はあわてて、ポケットからべつのチョコレートを出しました。

「これとこうかんして！」

とさけんだ時、かみさまは、ぜんぶ食べ終わったあとでした。はなの頭をまっかにして、

「ウィッ、ウィック！　ああ、なんだか、とってもいい気持ちになってきた。わたしは、青春時代にもどったようじゃ。ハッピー、ハッピー！」

というと、部屋《へや》から紙とエンピツを持ってきました。

　よっぱらったかみさまは、

「よし、今夜、わたしは宇宙《うちゅう》の子どもの計画をたてよう。」

「かみさま、今日《きょう》はよした方がいいかと。」

天使は、やめさせようとしました。

　とんでもないそうぞうをして、未来《みらい》がめちゃくちゃになってしまったら、とりかえしがつきません。ところが、かみさまは、

「いや、今日《きょう》は気分がいい。わたしは、今、計画をたてたいのだ。」

といってききません。

　天使は、しかたなくあきらめました。かみさまは、いがいにがんこだったのです。

「うーん、宇宙《うちゅう》の未来《みらい》にひつような星は…、そうだ、まずは光じゃ。明かりとねつをあたえる星。七つ星のまず一つ目は、お日さまにかわる星だ。これは、宇宙《うちゅう》の中心となる。すべての星に明かりをともし、台地をあたため生きものをはんしょくさせるじゃろう。」

というと、紙きれにこうかきました。

★　宇宙《うちゅう》のリーダー
星々《ほしぼし》に明かりをともす、『ホタル星』

「それから、二つ目は、お月さまにかわる星だ。リーダーをかげからささえる、えんの下の力持ち。しずかな明かりは、生きものたちのかなしみをいやし、ゆめときぼうをあたえるじゃろう。」

というと、紙きれにこうかきました。

★　宇宙《うちゅう》のサブリーダー
生物にきぼうをあたえる、『ゆめ星』

「えっと、三つ目は、人間や動物たちが、楽しくすめる楽園《らくえん》の星じゃ。ウィック、ウィッウィッ、ああ、いい気分だ。」

「その星って、地球《ちきゅう》のことでしょう?」

天使が、たずねました。

「ああ、今の地球《ちきゅう》にかわる星だ。わたしの一番の楽しみは、ここにすむ人間たちの生きざまをかんさつすることなんじゃ。ウイッ、毎日、見ていてもあきないよ。一人ひとりに、どくとくの味がある。顔かたちがみなちがうように、生きざまもそれぞれちがうんじゃな。フゥーッ。」

というと、紙きれにこうかきました。

★ 宇宙《うちゅう》の楽園《らくえん》
いのちの泉《いずみ》、『ハッピーワールド』

「えっと、ウイック、ウィッウィッ、あと四つか、あとはどうでもいい。わしは今、さいこうにいい気分《きぶん》なんだ。未来《みらい》の宇宙《うちゅう》の子どもたちよ。かってにすきな星になりなさい。たまには、自由というのもいいじゃろう。」

というと、紙きれにこうかきました。

★ 四番目の星
自由にきめるべし

★ 五番目の星
自由にきめるべし

★　六番目の星
自由にきめるべし

★　七番目の星
自由にきめるべし

かみさまは、ここまで書くと、

「ああ、ねむい。わしは、もうねることにしよう。」

といって、ベッドにむかいました。

その時です。天使が、あわててよびとめました。

「かみさま、まって！　あの七つの星は、もうあき星ではありません。きのう、カラスのひなたちが、やってきたので、かしてしまいました。」

ところが、かみさまの耳には入りませんでした。かんぜんに、よっぱらってしまっていたのです。

　天使は、きゅうに青ざめました。

「どうしましょう。もしのこる四つが、とんでもない星になってしまったら…？　宇宙《うちゅう》の未来《みらい》はぜつぼうてきだわ。わたしったら、とりかえしがつかないことをしちゃった。」

# 10　ムーンとゆめ星

　そのばん、ムーンの星に天使がやってきました。黄色の花畑をパタパタとぶと、どこからかおいしいかおりがします。

「カラスさんが、おりょうりを作っているんだわ。」

というと、天使のおなかがグウーッとなりました。

「はずかしいわ！　わたしとしたことが。」

一しゅん、まっかになりました。

あたりをながめると、月見草の花の下で、コオロギのオーケストラが、えんそう会をひらいていました。天使は、力のなくような声で、

「みなさん、ないしょにしてくださいね。」

というと、コオロギたちは、みないっせいに首をかしげました。なぜって、楽器《がっき》の音で、おなかの音などまったく聞こえなかったのです。

「ごめんなさい。今《こん》どきた時、ゆっくり聞かせてもらうわ。」

というと、天使は、すぐに、かおりをめざしてとんでいきました。

少《すこ》しすると、おいしい風にのって、楽しそうなわらい声が聞こえてきました。黒いカラスが、にわでバーベキューをしていました。

「天使さん、どうしたの?」

ムーンが、先に声をかけました。

「あなたは?」

天使は、黒いカラスをじっと見つめました。

「ぼくは金色のひなさ。この星へ入ったら、はねが黒くなったんだ。」

「そうだったの。ところで、カラスさん、この星のいごこちはいかが? さびしくない? わたし、ようすを見にきたの。」

「天使さん、心ぱいはいらないよ。ここについたとたん、地球《ちきゅう》からおきゃくさまがたずねてきたんだ。こちらが魔女《まじょ》さんで、そちらがあいぼうのジン君さ。魔女《まじょ》さんは、とってもゆうしゅうな魔法使《まほうつか》いなんだ。ぼくは、いのちをさずけてもらった。いわば、いのちのおんじんさ。」

ムーンがいうと、エッちゃんとジンは、天使にむかって一礼《いちれい》しました。

「はじめまして。ゆうしゅうな魔法使《まほうつか》いというのは、少々《しょうしょう》、ちがうけど、いちおう魔法使《まほうつか》いよ。

地球から見たら、この星が、あんまりかがやいて見えたので、ふしぎに思ってやってきたの。

天使さんも、いっしょにお肉を食べませんか。ちょうど、やきあがったところなの。」

エッちゃんがさそった時、天使のおなかが、ググーッ！　となりました。

　天使は下をむいたまま、石のようにかたまってしまいました。耳までまっかです。

「ちょうどよかった！　さあ、えんりょなく食べてください。じつは、やきすぎてしまって、どうしようかとそうだんしていたところなんだ。あなたは、おたすけの天使だ！」

ジンは大げさにいうと、てっぱんの上のお肉を山づみにしてさしだしました。

「じつは、おなかぺこぺこなの。いただきます。」

というと、天使は山のようなお肉を、一気《いっき》にたいらげてしまいました。

「ああ、おいしかった。ここのお肉はやわらかくってジューシーで、しつこくないから、いくらでも食べられる。」

天使は、え顔でいいました。ジンは、その食べっぷりにほれこんで、

「おかわりもいっぱいある。ここでは、えんりょはいらない。さあ、どうぞ！」

というと、天使は目をまるくして、

「いくらくいしんぼうでも、これ以上《いじょう》はむりだわ。ほら、見て！　おなかが、タヌキよ。ごちそうさまでした。」

というと、おなかをポンポンたたいてみせました。

「オーケー、オーケー。そのおなかならゆるしてあげる。だけど、ぼくだってまけないよ。」

というと、ジンもおなかをたたきました。

　あたりには、二人《ふたり》のおなかの音がポンポンポンポンとひびきわたりました。

「なかなかいきがあってるよ。それにしてもいい音だ。よく食べたしょうこ。」

ムーンが感心《かんしん》していうと、エッちゃんが、

「ここのお肉は、かくべつだもの。ついつい食べすぎてしまう。地球《ちきゅう》のとは、わけがちがう。天使さん、どうしてだと思う?」

エッちゃんがたずねました。

「やっぱり、上等《じょうとう》のお肉でしょう?」

天使が、もっともらしくいいました。

「いいえ、お肉は、地球《ちきゅう》からとりよせたわ。『タカのたっきゅうびんやさん』にれんらくしてはいたつしてもらったの。あのね、ここを見て!」

というと、エッちゃんは、てっぱんの下をゆびさしました。

　なんと、そこには、火のかわりに、月見草の花が、まるでほのおのようにもえていました。

「あれーっ、月見草が火になってる。」

天使の顔も赤くもえました。

「これが、ひみつだったの。月見草エネルギーが、お肉をおいしくさせていたの。」

「おどろいたわ。この星には、ふしぎな力があるのね。ところで、みんな、とってもうれしそうなんだけど、何かいいことでもあったの?」

天使は、目をぱちくりさせてたずねました。

「大せいかい! ついさっき、とってもいいことがあったんだ。それで、ぼくたちパーティーをひらいていたんだ。」

ムーンは、にこにこしていいました。


「とってもいいこと？」

天使が、どきどきしてたずねました。

「ああ、これなんだ。母《かあ》さんからの手紙さ。ここには、ぼくたち、七人きょうだいの名前《なまえ》が書いてある。」

といって、手紙をひろげて見せました。

「なになに…これは…！」

天使は、ぶるぶるふるえだしました。

「大じょうぶ？」

エッちゃんがたずねると、天使はしずかに語りはじめました。

「じつは、わたし、宇宙《うちゅう》で、かみさまのアシスタントをやっているの。すこし前、かみさまが、『七つのあき星は、どうした？　わたしのカードうらないによると、今《こん》ど、あの星に入るものたちが、宇宙《うちゅう》の子どもになる。』

といわれたの。わたしは、そんなこと知らないばっかりに、あなたたちを、この星にあんないしてしまった。めいわくをかけているんじゃないかと、心《しん》ぱいになって、たずねてきたというわけなの。」

「えっ、ぼくたちが宇宙《うちゅう》の子ども？　とつぜんそんなことといわれても、何が何だかさっぱりわからない。この広い宇宙《うちゅう》にすんでいる生きものは、みな、子どもじゃないか。」

ムーンがおどろいていいました。

「それとは、また、べつなの。かみさまは、この大宇宙《だいうちゅう》がぜつめつした時、すぐに、宇宙《うちゅう》のかわりをつとめる星々《ほしぼし》のことを、子どもとよんでいるの。あなたたちは、かみさまにえらばれた。これは、運命《うんめい》にちがいない。もしかしたら、魔女《まじょ》さんに、いのちをさずけられた時から、きまっていたのかもしれない。わたしには、そう思えてならないの。この手紙を読んでから、その思いをいっそう強くしたわ。」

天使のひとみは、トパーズ色のかがやきをはなちました。

「手紙を読んでから…？　何かわけがあるのね。教えてくれない？」

エッちゃんがいいました。

「わかったわ。かみさまが、はじめに計画した星っていうのは、お日さまとお月さまと地球《ちきゅう》にかわる三つの星なの。それぞれに、『ホタル星』、『ゆめ星』、『ハッピーワールド』と名づけた。ところが、ふしぎなことに、あなたたちのお母《かあ》さまがつけた名前にも、お日さまとお月さまと地《ち》球《きゅう》があるじゃない！　サンとムーンとアースは、そのものだわ。これは、運命にちがいないって思えてきたの。わたしが、あんないしなくても、あなたたちは、この七つ星にすむことがきまっていたんだわ。」

天使は、はればれとしたひょうじょうでいいました。

「ムーンは、ぼくの名前《なまえ》です。」

「そう、あなたがムーン。お月さまにかわる星の子ども。未来《みらい》の宇宙《うちゅう》で、『ゆめ星』になる。」

天使が、目をほそめていいました。

「わかったぞ！　この星は、お月さまにかわる星だったんだ。それで、あたり一面に、月見草がさきほこったんだ。」

ジンがさけびました。

「でも、いくら月にさいても、恋する月は見えない。何だかかわいそうね。」

エッちゃんは、ぽつんとつぶやきました。

「月見草は月に恋《こい》して、夕方にひっそりと花ひらき、朝日をうけてしおれていった。今までは、見つめるだけのひかえめなあいだったけど、今《こん》どはちがう。恋《こい》する月のふところにとびこんできたんだ。月見草が、まるでほのおのようにかがやいたのは、あいする心だったんだ。」

「月見草もやるじゃない。もえるようなあいが、お肉をやいたのね。あたしも、がんばろうかな?」

というと、エッちゃんの顔がほんのり赤くそまりました。

「あんたは、まだはやい！　まだ、しゅぎょう中の身だろう。そういうことは、一人前《いちにんまえ》の魔女《まじょ》になってから口にしてくれ。」

ジンは、あきれかえっていいました。


ムーンは、そのばん、こんなことを考えました。

「ここが、生きものたちにゆめをあたえる星なら、毎日、ロマンチックな映画《えいが》をながそうかな?　まてよ、まんげつじゃないと、せっかくの画面《がめん》は欠《か》けてしまう。上映《じょうえい》は、まんげつの日ときめよう。それから、人間たちがあそびにきた時に、休める公園や、子どもたちがあそべるゆうえんちがあったらいいな。名曲《めいきょく》が聞ける音楽堂《おんがくどう》や美術館《びじゅつかん》もつくろう。おなかがすくだろうから……、そうだ！　バーベキューやさんやケーキやさん、それから、アイスクリームやさんにチョコレートパフェやさん、えっと、それから、おすしやさんやレストランもつくろう。」

次の日、ムーンは、ねぶそくのために、目がはれていました。ゆめ星の計画をたてていたら、わくわくしてねむれなくなったのです。

さて、ここで、しつもんです。


あなたは、ゆめ星にどんなものがあったらいいと思いますか？

できるだけたくさん答えてください。


ちかくにてきとうな紙があったら、メモしてください。書くと、頭の中がせいりしやすくなるものです。

どうして、こんなしつもんをしたかって？　じつは、みなさんの考えを聞いて、ムーンにおしえてあげようと思ったのです。

人間たちの生《なま》の声ほど、大切《たいせつ》なものはありませんからね。

# 11　火事がとまらない！

つぎつぎと、月見草の花がしぼみはじめました。

どうやら、ゆめ星に朝がやってきたようです。

とはいっても、この星は、ムーンがきてからずっと明るいままです。朝と夜が、どこでわかるというのでしょう？

　月見草たちは夕方に花ひらき、朝日をうけてしぼんでいくという、地球《ちきゅう》でのしゅうかんをおぼえているのでしょうか？　いやいや、そんなことあるはずありません。

月見草たちは、地球《ちきゅう》からひっこしてきたわけではありません。ここで、芽《め》をだし、ここで花ひらいたのです。

だとすると…。うーん、ひょっとしたら、月見草のからだの中には、じつにせいかくな時計が入っているのかもしれません。

ジンは、月見草のはで目がさめました。いたずらな朝風が月見草をゆらし、ジンのひげをなでたのです。

「あれっ、ここは？　そうか、ゆめ星だ！　きのうのばん、ここでねむっちゃったんだ。」

その時、頭の上から声がしました。

「おはよう！　ジン。」

「あんた、どこにいたんだい？」

「ちょっと、さんぽよ。ひとおよぎしてきたの。」

エッちゃんはポーンとはずむと、すいすいとおよぐかっこうをしました。

「この星が、未来《みらい》になったらどんな星になるのか楽しみだわ。オリンピックがひらかれたら、はばとびや高とびのきろくはぐーんとのびる。あたしもさんかしようかな。」

「ああ、とんだりはねたりするきょうぎは、何ばいにもなるだろう。やきゅうやサッカーボールだって、とおくまでとんでいく。もし地球《ちきゅう》と同じコートでしあいをすれば、ホームランがれんぞくしたり、すぐにゴールしたりして、とくてんがばんばん入るだろうな。でも、かけっこはどうかなあ？」

ジンが首をひねると、エッちゃんはさっそくかけだしてみました。

「だめだわ、うまく前にすすまない。この星で、オリンピックは、やめた方がいいみたい。」

エッちゃんは、ハーハーといきをきらせていいました。

しばらくすると、ジンが、ふと思い出したようにいいました。

「ところで、次の星に行こう。星はあと六つもある。ここにばかりはいられない。」

「そうね。ほかの子どもたちのようすもたしかめて、いっこくも早くカラスの母《かあ》さんに知らせてあげましょう。」

エッちゃんがいい終えた、その時です。とつぜん、ほうきのばあさんが二人《ふたり》のそばにやってきて、

「さあさ、おのり！　もたもたしてるひまはない。」

と、きびしいかおでいいました。

「さすが、おばばね。今、おねがいしようと思ってたの。」

「それほどでもないよ。ふっふっ…。」

ほうきのばあさんは、ひたいにあぶらあせをかいていいました。

じつは、ふといミミズが一ぴき、土の中からにょろにょろとはいだしてきたのです。ほうきのばあさんは、ミミズが大のにがてでした。

二人《ふたり》がとびのると、ほうきのばあさんは、すぐに、空にうかびあがりました。

「カラスのひな座へレッツゴー、おばば、よろしくね。」

「どちらへ行こう。道は、左と右にわかれておる。」

「おばばにおまかせ！　あたしたちは、どっちだってかまわない。」

「そうかい。それじゃ、右にしよう！」

ほうきのばあさんがそうさけんだ時、天使がぱたぱたとんできました。

「魔女《まじょ》さん、左へきて！　ちょっとこまったことがおきてしまったの。」

天使は、青い顔をしていいました。

　その時、ほうきのばあさんは、まるで、ぞうさんのようにりっぱな耳をにょっきりだしました。

「こまったこと？　ほほう、何かじけんがおこったにちがいない。オーライ！」

というと、左にむかってぐんぐんスピードをあげました。

年をとっても、耳はたしかです。それに、何よりも、ほうきのばあさんときたら、じけんと聞くと体中の血《ち》がさわぎ、じっとしていられなくなるのでした。

「あっ、まって。わたしについてきて！」

天使は、あわててあとをおいかけました。

とちゅうで、空がはい色にかわりました。

「どうしたことじゃ。何かぶきみな予感《よかん》がする。」

ほうきのばあさんは、きゅうブレーキをかけました。

　そのひょうしに、エッちゃんとジンは、ほうきからなげとばされ、まっさかさまにおちていきました。どこまでおちていくのでしょう？

　この時、地球《ちきゅう》では、たまたまぼうえんきょうをのぞいていたはかせが、

「めずらしいながれ星だ！　魔女《まじょ》とねこの形をしている。」

とさけびました。

　おそらく、このじけんは明日のトップニュース。朝刊《ちょうかん》の一面を大きくかざることは、まちがいないでしょう。

『魔女型《まじょがた》とねこ型《がた》ながれ星おちる！』なんて見出しをつけられ、そのわきに、はかせのコメント

とじまんげの顔じゃしんがのるかもしれません。

つぎのしゅん間、二人《ふたり》はとうめいなはねの上にのっていました。それは、天使のせなかに生《は》えているはねでした。

まるで、くじゃくのように空いっぱいに大きくひらいています。まっさかさまになっておちていく二人《ふたり》を、キャッチしたのです。

「天使さん、ありがとう。」

エッちゃんがお礼《れい》をいいました。

すると、天使はせなかをふりむいて、

「どういたしまして…。わたしのはねは自由じざい。このみの大きさに、のばしたりちぢめたりできるの。おやくにたててよかったわ。そんなことよりおけがは?」

と、心《しん》ぱいそうにたずねました。

「ぜんぜん。天使さんのおかげよ。」

エッちゃんは、にっこりしていいました。

「魔女《まじょ》さん、わたしの名前《なまえ》は、『たまみ』っていうの。『たまちゃん』てよんでくれないかしら。わたし、小さい時から名前《なまえ》でよんでもらうのがゆめだったの。」

「いいわよ、たまちゃん。」

「うれしい! とうとうゆめがかなったわ。ねぇ、魔女《まじょ》さん、もうひとつおねがいがあるの。わたしのお友だちになって。」

「ごめん。わるいけど、たまちゃんは、もうあたしのお友だち。きのう、出会った時にきめてしまったの。だから、今さらいわれても…。」

エッちゃんは、こまったようにいいました。

「うれしい！　魔女《まじょ》さん、ありがとう。魔女《まじょ》さんは、わたしのお友だち一ごうだわ。」

天使は、はずんでいいました。

「なんて、こうえいなことかしら……。」

エッちゃんがいうと、ジンが、

「あの、ぼくも天使さんの、いえ、たまちゃんのお友だちになりたいのですが…、よろしいでしょうか？」

と、まっかな顔でたずねました。

「もちろんよ。」

「ああ、よかった。」

ジンは、ほっとしてためいきをつきました。

「ところで、たまちゃん、あたしの名前《なまえ》は、『エッコ』っていうの。エッちゃんてよんでね。あっ、それから、このねこは、『ジン』ていうの。」

「エッちゃんとジン君か。二人《ふたり》ともかわいい名前《なまえ》ね。」

天使は、しみじみといいました。

「それにしても、ほうきのばあさんたら、あたしたちをおとして、どこへ行ってしまったのかしら？」

エッちゃんは、ぷりぷりしていいました。すると、天使ははっとして、

「あっ、たいへん！　わたしったら、わすれてたわ。となりの星が、けむりをだしてもえているの。」

と、思い出したようにいいました。

「いそぐわね。」

天使は、はい色のけむりの方にむかってとびたちました。

少《すこ》し先が、まるで見えません。こんなにけむりがあがっているということは、きっと大火事にちがいありません。

（どうか、カラスのひながぶじでありますように…。）

エッちゃんは、つぶやきました。

「はなと口をおさえてね。」

天使は、はなと口に手をやると、きびしい顔をして、けむりの中に入っていきました。

「ごほん、ごほん！」

「ああ、けむたくて目があかないわ。」

エッちゃんとジンは、まぶたをぎゅっととじたまま、はねにしがみついていました。


どれだけ時間がたったでしょう。二人《ふたり》にはとても長く感じられました。しかし、じっさいには、三分ほどしかたっていなかったのです。

「さあ、ついた。目をあけて！　もう大じょうぶよ。」

天使の声がしました。

「ほんとうに大じょうぶ？」

「まぶたにのりがついたみたいだ。」

エッちゃんとジンは、おそるおそる目をあけました。

「ぜんぜん、けむたくない。」

「いったい、どうなっているの？　さっきまでは、あんなにけむりがもうもうとたちこめていたのに…。」

二人《ふたり》は、目をぱちくりさせながら、地面に足をつけました。そのしゅん間、天使のはねは元にもどりました。

　その時です。頭の上から、こんな声が聞こえてきました。

「たいちょう！　やっと、きえました。」

「ああ、今《こん》どのは大きかった。もうへとへとだな。」

「この星は、きのうからぼやつづき。これで三十三けん目です。」

「どうしてこんなに、火事が多いのだろう？　どう考えてもへんだ。こんな星は、はじめてだな。」

「ええ、この星は、きのう生まれたばかりのあかんぼう。なぞにつつまれています。」

「さっそく、げんいんをしらべよう。そうでもしないかぎり、わたしたちもゆっくりと休めない。」

「そうしましょう。」

声の主は、雨雲《あまぐも》のしょうぼうたいでした。

「どうしたのですか？」

天使が声をかけました。

「じつは、この星で、火事がつづいてこまっています。きのうから、三十三けん目。わしらはへとへとです。」

たいちょうが、ひたいにしわをよせていいました。

「どうして、そんなにつづくのでしょう？」

「今から、それをたしかめようと思っていたところです。」

たいいんが、目をかがやかせていいました。

「ちょうど、あたしたちも、この星をぼうけんしようとしていたところ。ごいっしょしてもかまわないかしら?」

エッちゃんがたずねました。

「もちろんですとも。」

たいちょうが、うれしそうにいいました。

# 12　たいちょうのひげ

雨雲《あまぐも》のしょうぼうたいは、雲の車に消火器《しょうかき》を山ほどつんでいました。

たいちょうと二人《ふたり》のたいいんは、車からおりるとあせびっしょりです。

ひたいからは、大つぶのあせがながれおちました。

雲の車には、『宇宙《うちゅう》を火事からまもろう。ただ今、パトロール中。』のうたいもんくが赤い文字でかかれています。車内のボタンをおすと、こんなアナウンスがながれました。『けむりを見かけたら、つうほうをしましょう。三ちょう目のかみなりぼうやに電話すれば、すぐにかけつ

けます。』

この広い宇宙《うちゅう》を、たったの三人でまもっているのです。何しろ、人手《ひとで》がたりません。アナウンスをろくおんにしたのも、そのためでした。

ところで、かみなりぼうやにつたわった火事を、しょうぼうたいが、どうやって知ることができたかって？　ごもっともなしつもんです。

それでは、おおしえいたしましょう。じゅんびは、よろしいですか？

火事の知らせがかみなりぼうやに入ると、ぼうやは、はらだいこをトントトトンとたたきます。すると、あちらこちらでいなずまがおこり、雨雲《あまぐも》のしょうぼうたいにつたわるしくみになっていました。

みなさんの中には、いなずまが光ったとたん、いっせいに雨雲《あまぐも》がはっせいするのを見たことがある人がいるでしょう。それは、宇宙《うちゅう》のどこかで、火事がおこっているというしるしなのです。

「ごらんください。この星のぼやさわぎで、百本もあった消火器《しょうかき》が、みな、からっぽになってしまいました。いそいで、『火けし工場』にもどり、すぐにまた、つめこんでこなければなりません。でないと、また、いつ火事がおこるかわかりません。」

たいちょうは、はなの下のりっぱなひげを、じまん気《げ》になでながらいいました。

「火けし工場？　いったいどこにあるの？」

エッちゃんが首をかしげると、せいがひくくて両方のほっぺにあめ玉をなめているような顔のたいいんが、

「それは、くじら座《ざ》にあります。全天《ぜんてん》で四ばん目に大きい星です。そこで、火をけすためのくすりがつくられているのです。」

といいました。

「くじら座《ざ》？　地球《ちきゅう》では、『海のめがみさま』としてあがめられている星だ。」

とつぜん、ジンがさけびました。

「それは、はつ耳です。もし、くじら座《ざ》のやつが聞いたら、どんなにおどろくことでしょう。」

たいちょうが、むねをふくらませていいました。

「ところで、そのくすりは、どうやってつくられているの？」

エッちゃんが、たずねました。

「ここに、くわしく書いてあります。」

今《こん》どは、せい高のっぽの青白い顔のたいいんが、赤いカバーの手ちょうをとりだしていいました。

そこには、こまかい文字で、こんなことが書かれていました。文字は、やっぱり、消火器《しょうかき》の色でした。

🕯 火けしぐすりの作り方

1　バケツ一ぱいの海水の水に、くじらのおしっこを二分の一カップ入れる。

2　その中に、宇宙《うちゅう》のほこりを大さじスプーン一ぱい入れ、てばやくまぜる。

3 できあがったえきたいを、いなずまの光に、ぴったり三びょう間あてる。

この薬《くすり》は、くじら座《ざ》でかんたんに作ることができる。ただし、海水の水がにごっている時はできない。

天使は、これを読み終えると、

「海水って地球《ちきゅう》でとれるものでしょう? だとするときけんだわ。」

と、まるいひたいにしわをよせました。

「きけん? いったいどういうことですか?」

まる顔のたいいんが、めん玉を大きくしてたずねました。

「だって、地球《ちきゅう》の海は、じょじょににごってきているもの。工場のはいすいやせんざいで、魚たちもくるしんでいるわ。」

天使は、かなしそうにいいました。

「そうですか。とうとう海水までよごれてきましたか。地球《ちきゅう》が、むしばまれてきたしょうこです。じつは、以前《いぜん》から、そのことをもっともおそれていたのです。あと少《すこ》しで火けしぐすりが作れなくなる。このじたいは、さけられないでしょう。」

「たいちょう、火けしぐすりができなくなったら、火事はけしとめられません。もし、そんなことになったら、宇宙《うちゅう》はぜつぼうです。」

青白い顔のたいいんは、さらに顔色を青くしてさけびました。

「ああ、そうだな。」

たいちょうも首をうなだれ、力なくいいました。

「あたし、地球《ちきゅう》にかえったら、このことをすぐに人間たちにつたえる。」

エッちゃんが、きびしいひょうじょうでいいました。

「たのみますよ…。宇宙《うちゅう》のいのちがかかっています。おっほん！」

たいちょうが、大きなせきばらいをすると、りっぱなひげは、草むらの中に、ぽーんととんでおちました。

　時速三百キロのはないきで、ひげがとばされてしまったのです。りっぱなひげは、ほんものではありません。ただの、つけひげでした。でも、たいちょうは、こうふんしていたので気づきません。

「あれーっ！」

「たいちょう。ひ、ひげが…」

二人《ふたり》のたいいんは、目をまるくしてさけびました。だれが、つけひげだとそうぞうできたでしょう。

「おまえたち、ひげがどうした？」

たいちょうは、はなの下をさわると青くなりました。

　手でおさえたまま、うつむきました。そのうちに、ぶるぶるとふるえがきました。

　このひげは、たいちょうとしてのあかしでした。どんなに不安な時でも、これにさわるとじしんがわきあがってきました。

　今まで、二人《ふたり》のたいいんたちは、たよりない自分《じぶん》を、そんけいのまなざしで見つめてくれま

した。それは、りっぱなひげがあったからにちがいありません

（ああ、たいちょうとしてのあかしが、ひげとともにきえてしまった。）

と、たいちょうは思いました。そして、たいいんにいいました。

「これからのことは、おまえたちにまかしたぞ。わたしは、今日《きょう》かぎりでこのしごとをやめる。」

「とつぜん、何をおっしゃるのです。」

「わたしにたいちょうのしかくはない。だって、ほら、この顔だ。」

たいちょうは、はなの下から手をはねのけると、よわよわしい声でいいました。

「ひげがなくたって、ぼくたちは、たいちょうについていきます。ぼくたちは、今までひげのたいちょうについてきたのではありません。生身《なまみ》のたいちょうについてきたのです。たいちょう、ひげなどなくたって、ぼくは、かわらず、あなたをそんけいしています。それとも、ぼくたちのことをきらいになってしまわれたのですか?」

まる顔のたいいんが、ほっぺをふくらませていいました。

「……。」

たいちょうは、うつむいたまま、だまっています。時おり、かたがふるえました。

「ぼくは、えっと、どちらかというと、ひげのないたいちょうの方がすきです。何ていうか、こうしたしみがわきます。だから、やめるなんてかなしいことは、いわないでください。」

のっぽのたいいんが、ひざまずくようにいいました。

「ああ、わたしはしあわせだ。こんなすてきな部下《ぶか》をもつなんて！　ありがとう。これからも、ずっといっしょにしごとをさせてもらうよ。これからは、ひげはつけない。ありのままの自分《じぶん》でしょうぶだ。」

たいちょうは、なみだをふいていいました。そのなみだがひとつ、天使のはねにおちました。ねっとうよりもあついなみだでした。

「雨雲《あまぐも》しょうぼうたいは、あいのひとしずくでまたきずながふかまったわ。このしずくはどんな火事も一ぱつでけしてしまう魔法《まほう》の水だわ。」

天使が、しずかにつぶやきました。

少《すこ》したつと、草むらに、毛虫がぞろぞろとあつまってきました。何かをかこむようにして、おがんでいます。

まん中にあるものとは、いったい何でしょうか？　それは、みなさんもよくごぞんじのものです。

たいちょうのひげでした。

「こんなにりっぱな毛をもっているなんて、わしたちのかみさまにちがいない。」

と、年とった毛虫がいいだしたのです。

# 13　サンとホタル星

サンがあき星のドアをあけた時、金色のはねが、つややかな黒色になりました。かわりに、まっくらだった星に明かりがともりました。

ホタル星のたんじょうです。かみさまの計画によると、お日さまにかわる星でした。

でも、まだ、星には何もありません。みはらす山やみどりの森もなければ、しおのかおりがする海や

ちょろちょろながれる川もありません。

一りんの花さえ、さいていませんでした。もちろん、虫やどうぶつもいません。

ただ、どこまでもどこまでも、なだらかな平地《へいち》がつづいていました。土は、もえるほのおのような赤色をしています。

サンは、どっこいしょと土の上にこしをおろしました。その時です。

「あれーっ！」

とつぜん、ひめいをあげました。

なんにもない赤土から、黒色の芽《め》がぽっぽっとあちらこちらにでてきたのです。芽《め》は、しだいにふくらんで、黒色のくきになりました。

くきは、青空にむかってどんどんのびあがっていきます。サンのせいをこしても、まだまだとまるようすはありません。

「どこまで行くのかしら？」

どきどきしながら上を見あげていると、サンの口から、しぜんと、こんな歌がながれました。

♪　ぐんぐんぐんぐんのびていく
　どこまでいくの？
　おしえてね
　ぐんぐんぐんぐんのびていく
　あなたはだあれ？

おしえてね
ぐんぐんぐんのびていく
わたしはサンよ
よろしくね

サンは歌っているうち、しだいに心がはずんできました。いつの間にか、長たびのつかれも、どこかにふきとんでいました。

くきはぐんぐんのびて、ちょうど、ひまわりほどの大きさになった時、ようやくとまりました。すると、どうでしょう。

今《こん》どは、くきの先に黒色のつぼみがつき、あちらこちらで花がひらきました。

「あれーっ！」

とつぜん、ひめいをあげました。

その花は、なんとおどろくなかれ、『虫めがね』だったのです。黒いはなびらの中に、とうめいなガラスがはいっていました。

「ぴかぴか光ってきれいだわ！　わたしのたからものにしましょう。」

というと、虫めがねの花をくちばしにはさみました。

花は、サンのくちばしの中でぽきっと音をたてると、かんたんにおれました。サンは、花を手にすると、だんだんしあわせな気持ちになってきました。

「わたし、もう何もいらないわ。」

郵 便 は が き

104-0061

恐れいりますが
切手をお貼りください

東京都中央区銀座1-5-13-4

㈱ 銀の鈴社

鈴《すず》の音《ね》会員 登録係　行

---

「鈴の音会員」（会費無料）にご登録されますと、アート＆ブックス
銀の鈴社より、会報誌「鈴の音だより」や展覧会イベントなどのご
案内をお送りいたします。この葉書でご登録の方には、もれなく野
の花アートの絵はがきを一葉プレゼントさせていただきます。

| | |
|---|---|
| ふりがな<br>お名前<br>（男・女） | 生年月日　明・大・昭・平<br>年　月　日 |
| ご住所　（〒　　　　）Tel | |
| E-mail | |

花や動物、子どもたちがすくすく育つことを願って

アート＆ブックス銀の鈴社では、ミュージアムグッズの企画・制作、出版、ヨーロッパ製子ども用品の限定輸入販売をおこなっています。

## アンケートにご協力ください

◆ご購入の商品名・書名は？

◆お求めになられたきっかけは？

□お店で（店名・場所：　　　　　　　　　　　　　　　　）
□知人に勧められて　□プレゼントで　□ホームページで見て
□その他（　　　　　　　　　　　　　　　　　　　　　　）

◆ご興味のある項目に○をおつけください（資料をお送りいたします）

□ブックス（□絵本　□児童書　□一般書）
□本のオーダーメイド（自費出版）
（研究書・歌集・句集・詩集・記念誌・画集・旅行記・自分史など）
□アート（□ミュージアムグッズ　□原画展などのイベント）
□ヨーロッパ製子ども用品「TimTam」
□テーマのある旅（□海外　□国内）
□その他（　　　　　　　　　　　　　　　　　　　）

◆その他、ご意見・ご感想をぜひお聞かせください

川端文学研究会事務局（日本学術会議登録団体）
SLBC（学校図書館ブッククラブ）加盟出版社
CBLの会（Children's Book Library）所属

★ご協力ありがとうございました

http://www.ginsuzu.com　アート＆ブックス銀の鈴社

そのばんは、花をだいてねむりました。

しかし、ばんといっても、星がくらくなるわけでもないし、時計もないのではっきりしません。ここでは、サンが、ねむくなる時間を、ばんということにしましょう。

こんなことをいうと、みなさんの中には、

「サンが、しょっちゅうおひるねをしていたら、ばんが何回もきて一日がくるってしまうわ。」

と、おこりだす人もいることでしょう。

みなさんの気持ちは、十分にわかります。でもね、じっさいに、昼と夜をくべつするものがなんにもないのですから、しかたありません。


次の朝、この星に一ど目の火事がおきたのです。ここで、はっとされた方も、たくさんおられるのではないでしょうか。きっと、

「火事のげんいんがわかったわ。」

と、目をかがやかせていうにちがいありません。でもね、火事というのはちょっと大げさ。ホタルのような小さな明かりが、ぽっかりとともっただけでした。ぼやといった方が、ぴったりあっているかもしれません。

だって、ぼやというのは、もえひろがる前にけしとめられた、小さな火事のことをいうでしょう？　この星の火事は、みんな大きくならずにきえています。

けしとめたのは、もちろん、みなさんよくごぞんじの雨雲《あまぐも》のしょうぼうたいでした。ひげたいちょうひきいる、れいの三人組です。とつぜんですが、ここで、あらためて、みなさんにしつもんをだします。

ぼやのげんいんとは、いったい何だと思いますか？


よくわからないという人も、ここで、じっくり考えてください。思いつかなくても、考えたことは、けっしてむだにはなりません。

はじめからあきらめて考えない人は、せいちょうしないものです。ヒントは、虫めがねです。

さあ、みんなで考えてみましょう！　まず、心をリラックスさせてください。

それでは、答えをかきますよ。まだ、考えたいという人は、ここから先を明日《あした》いこうに読んでください。


じつは、サンがおきた時、虫めがめの花から白いけむりがたちのぼっていました。

「あらまっ、たいへん！」

サンは、空にまいあがりました。

下を見ると、自分《じぶん》のぬけたはねに火がついて、もうもうとけむりがあがっていました。

「大火事になってしまう。」

サンがおびえていると、空の上でたいこの音がひびき、いなずまが光りました。

「きゃー、こわい！」

とさけんだ時、はい色の雨雲《あまぐも》が空をおおい、ザーザーと大つぶの雨をふらせました。

雨のしょうたいは、しょうかきに入っている火けしぐすりです。あっという間に、火はきえました。

「グッド、タイミング！　雨雲《あまぐも》さんたら、ちょうどいい時に雨をふらせてくれた。さもないと、大やけどをするところだったわ。ありがとう。」

サンは、空を見上げておれいをいいました。でも、空には雲ひとつありません。まっさおな青空がどこまでも広がっていました。

火をけしとめると、雨雲《あまぐも》はすぐにきえてなくなりました。しごとをおえ、本部にもどったのです。

でも、サンは、そんなこと知りません。雨をふらせたのは、ほんとうにぐうぜんだと思っていたのです。

「だけど、なぜ、はねに火がついたのかしら？　マッチやライターなど、どこにもないのに…。」

というと、ふしぎそうに首をかしげました。じつは、火をおこしたのは虫めがねの花でした。この花は、火あそびの名人。

虫めがねで、お日さまの光を一点にあつめると、火をおこすことができるでしょう？　花は、このしくみをりようしていたのです。

みなさんも、理科の時間に、虫めがねをつかってけむりをだすというじっけんをしたことがあるでしょう。その時に、白い紙と黒い紙を二まい用意して、どちらがはやくけむりを出すか、しらべたはずです。

黒い紙の方がはやくけむりがでました。なぜなら、黒は白よりも光をきゅうしゅうしやすいからです。

その点、サンのはねの色は、ばつぐんでした。虫めがねの下におくだけで、かんたんに火がおこりました。

はじめのうちは、火をこわがっていたサンも、だんだんおもしろくなってきました。

「火ってまぶしくてあたたかい。こんなすてきなものが、わたしの手で作りだせるなんて…。」

といって、一日に何ども火をおこしました。雨雲《あまぐも》のしょうぼうたいは、そのたびにかけつけてちん火しました。宇宙《うちゅう》の安全をまもるというしめいを、ひっしにはたしていたのです。サンは
「今《こん》どこそ、きえないように大きな火をつくるわ。」

といって、虫めがねの花の下にはねをおいていくどとなくちょうせんしました。

でも、何どやってもだめ。すぐに、けされてしまいました。

これで、ぼやのげんいんがわかったでしょう？　サンは、虫めがねの花で光をあつめ、けむりをだしていたのです。

「この星を、いつの日か、かがやくほのおでいっぱいにするわ。もっと、まぶしく、もっとあつく！　そのために、雨雲《あまぐも》にけされないような大きなほのおをつくらなくちゃ。わたし、ぜったいあきらめないわ。」

サンがつぶやきました。

『ホタル星』はかみさまが計画した宇宙のリーダー。星々にあかりとねつをあたえる、お日さまのかわりになる星です。

宇宙《うちゅう》の未来《みらい》のために、いつの日か、せいこうしてほしいと、だれもがねがっています。

サンが、エッちゃんを見つけると声をかけました。

「魔女《まじょ》さん、おひさしぶり。」

「あなた、もしかして金色のひな？」

「ええ、わたしは、長女のサン。母《かあ》さんからの手紙で名前《なまえ》がわかったの。」

「そう、あなたが元気でうれしいわ。でも…。」

エッちゃんは、サンのからだを見て声をつまらせました。

「でも？」

サンは、ふしぎそうにいいました。

「あなたのからだが心《しん》ぱいだわ。このままでは、まるぼうず。どんどんはねが、少《すく》なくなってしまう。」

エッちゃんがサンにいいました。

「わたし、からだのことはいいの。まるぼうずになってもかまわない。この星がほのおでいっぱいになったら、いのちだっておしくないわ。」

サンがにこにこしていいました。

（やっぱり、金色のひなたちはこの星にすむうんめいだったんだわ。）

天使は、その思いをいっそう強くしました。その話をそばで聞いていた雨雲《あまぐも》のたいちょうは、
サンにむかって、

「せいせいどうどうしょうぶしましょう。手かげんはしませんよ。」

というと、手をさしだしました。すると、サンは、

「ええ、もちろん、わたしだって、さいぜんをつくします。」

といって、手をさしだしました。

二人《ふたり》は見つめあって、かたいあくしゅをかわしました

# 14 ウォーターとへんしん星

「なんて、うつくしいあくしゅかしら。」

エッちゃんは、しばし、ぽかんとしたひょうじょうでながめていました。

「さて、次の星に行こう。サンは生き生きとしている。心《しん》ぱいはいらない。」

ジンがつぶやくようにいうと、天使は、

「ええ、この星は大じょうぶ。きっと、いつの日か、お日さまのかわりをつとめてくれる。わたしも次の星にいくわ。全部の星をまわって、たしかめたいの。ごいっしょしてもかまわないか

しら？」

と、心《しん》ぱいそうな顔でたずねました。

「たまちゃんがいてくれたら、どんなに心強いことか。こちらから、おねがいしたいくらいだ。」

ジンのひとみが、一しゅん光りました。

「うれしいわ！　たまちゃん。」

エッちゃんがさけんだ時、とつぜん、ほうきのばあさんがすがたをあらわして、

「二人《ふたり》とも、ここにいたのかい。ずいぶんさがしたよ。とつぜん、いなくなるもんだから、びっくりぎょうてんさ。今《こん》どから、とびおりる時は、ひとことつたえてからにしておくれ。」

と、ぷりぷりしていいました。

「おばばが、きゅうブレーキをかけるから、あたしたちおちたんだわ。けっして、とびおりたんじゃない。もう少《すこ》し、安全うんてんをおねがいしたいところよ。」

エッちゃんも、おこっていいました。

「ぼくたちがおちたところを、たまちゃんがすくってくれた。もし、あのままおちていたら…。」

ジンは、ぶるぶるっとみぶるいしました。

「それはわるかった。わしは、ほんとうに、知らなかったんじゃ。ゆるしておくれ。たまちゃんには、何とお礼《れい》をいったらいいものか。」

「お礼《れい》なんかいいわ。わたしは、ただ、はねをひろげてとんだだけ。お礼《れい》をいわれるようなとくべつなことは、何もしていないもの。」

「そうじゃ！　たまちゃん、おわびというのもへんじゃが、おばばのせなかにのってみんか？

たまにはいいかもしれないよ。」

ほうきのばあさんは、目を光らせました。

「えっ、ほんとう?　わたし、ほうきにのるのはじめて!」

天使は、ほおをさくら色にそめました。

「じつは、天使をのせるなんて、わしもはじめてなんじゃ。」

ほうきのばあさんも、ほおをばら色にそめていいました。

「おばば、くれぐれもスピードの出しすぎには気をつけてね。」

エッちゃんは、ねんをおしました。

「わかっておる。さあさ、三人ともおのり!　もたもたしてるひまはないよ。」

ほうきのばあさんは、きびきびとしていいました。

たまちゃんをまん中に三人がとびのると、ほうきのばあさんは、たちまち、空にうかびあがりました。


「カラスのひな座《ざ》へレッツゴー!」

三人の声は、広い空にすいこまれていきました。

「ところで、おきゃくさま、どちらへまいりましょう。」

「うんてん手さんにおまかせするわ!　わたしたちは、どこだってかまわない。ねっ?」

天使がうしろをふりかえっていうと、エッちゃんは、

「ええ、どこだっていいわ。それより、くれぐれも、安全うんてんをおねがいね。」

と、心《しん》ぱいそうなかおでいいました。

「そんなにゆっくりがいいかい?」

ほうきのばあさんは、時速《じそく》四キロほどでのろのろとびました。これは、あるく速《はや》さです。

「これじゃおそすぎる。おばば、もう少し速《はや》くして！」

エッちゃんは、さけびました。

すると、どうでしょう。ほうきのばあさんは、ついついかっとなって、

「あんたは、わがままずぎる。これでどうだい？」

というと、今《こん》どは時速《じそく》四百キロまでスピードをあげました。

「キャー。こ、こわい！」

天使がさけび声をあげました。

（しまった！　わしは、たまちゃんをのせていたんだ。）

ほうきのばあさんは、じょじょにスピードをおとしていきました。

「たまちゃん、大じょうぶかい？」

「ごめんなさい。わたし、はじめてだったものだから…。スピードになれてなかっただけ、もう平気よ。さっきのスピードだしてみて！」

天使は、いきをはずませていいました。

「いや、やめておこう。わしとしたことが、はずかしい。つい、かっとなってしまったんだ。」

と、頭をかいていいました。

その時です。とつぜん、ジンがゆびさしていいました。

「あの星に行こう！　たった今、るり色にかがやきはじめた。」

「すてき！　なんてしんぴてきな色をしているのかしら…。」

エッちゃんは、ためいきをつきました。

「どきどきするわ。かみさまの計画した三つめの星ね。」

むねをときめかせていると、やがて、るり色の星につきました。

「さあ、ついた。」

ほうきのばあさんがちゃくちしたところは、大きなこおりの山でした。ペンギンたちが、たのしそうにあそんでいます。

ペンギンのひとみは、サファイア色にかがやいていました。そう、るり色のみずうみがうつっていたのです。

山のまわりには、五つのみずうみが広がっていました。エッちゃんは、ほうきをこおりの上におくと、ぶるぶるっとふるえました。

「しんしんとひえるわね。」

ことばが、白いいきになってきえていきました。

「ぼくは、さむいのがにがてなんだ。」

というと、とつぜん、ジンは、エッちゃんのむねにとびこみました。

「もう、ジンたら、なさけないんだから。まあいいわ。」

エッちゃんは、ジンのからだをさすってやりました。そうすると、ひえかかっていた手があたたまってきました。

「よかったら、これをはおって。」

天使が、ポケットから、はねのカーディガンを二まいさしだしました。

「たまちゃんはいいの?」

「わたしは、さむくないもの。どんなにあついところだって、どんなにさむいところだって、たえられるの。でなきゃ、この広い宇宙《うちゅう》にすめないでしょ？　だから、気にしなくていい。はやく、そでをとおして。」

「ありがとう。おんにきるわ。」

エッちゃんとジンが、カーディガンをはおると、ぽかぽかとあたたまってきました。

「うわっー、あたたかい！」

というと、ジンはエッちゃんのうでからとび出しました。

「ちょっとききすぎたかしら？」

天使が、ペロッとしたを出していいました。

ちょうど、その時です。みずうみの方からぼっちゃん！　という音が、れんぞくして聞こえました。

「何の音かしら？」

三人が下をのぞくと、ペンギンたちがこおりのかいだんをすべって、みずうみにとびこんでいます。

「すごい数のペンギンだわ。いったい何わ、いるのかしら？」

エッちゃんは、おどろきの声をあげました。ジンは、

「一、二、三…。」

とかぞえはじめました。

「九十九、百。ぴったり百わだ！」

ジンは、算数がとくい。数をまちがえることはありません。

「百わも！　ここは、ペンギン山だわ。」

エッちゃんがさけびました。

ペンギンたちは水めんにもぐり、ぶくぶくぶくっとあわをたてて、いっせいに顔を出しました。

するとどうでしょう。百わのペンギンがそろいもそろって、みなシマヘビにかわっていました。

「たいへん、あたしの目がおかしくなっちゃった！　ペンギンがシマヘビに見える。」

エッちゃんが、目をぱちくりさせていいました。

「ぼくの目にもシマヘビの大ぐんがうつっている。いったい、どういうことだろう？」

ジンは、ふしぎそうに首をひねりました。

「ペンギンがシマヘビにかわった？　そんなこと、あるはずないわよね。」

天使は、まるでしんじられないといった口ぶりです。

ペンギンの山は、いっしゅんのうちに『シマヘビ山』になりました。にゅるにゅるはいまわっておにごっこをしたり、スケートをしたりしてあそびました。


あそびつかれたシマヘビたちは、こおりの山をにゅるにゅるのぼっていくと、また、かいだんをすべって、みずうみにとびこみました。とびこんだのは、さっきとちがうみずうみです。

「九十九、百。やっぱり百わだ！」

ジンがさけびました。

シマヘビたちは水めんにもぐり、ぶくぶくぶくっとあわをたてて、いっせいに顔を出しました。するとどうでしょう。百ぴきのシマヘビが、今《こん》どは、みなサルにかわっています。

「やっぱり、あたしの目がおかしくなっちゃった！　シマヘビがサルに見えるわ。」

エッちゃんが、目をおさえていいました。

「いや、ぼくの目にもサルの大ぐんがうつっている。きっと、目の前には、サルがいるにちがいない。」

ジンは、ふしぎそうに首をひねりました。

「シマヘビがサルにかわった？　そんなこと、あるはずないわよね。」

天使は、まるでしんじられないといった口ぶりです。シマヘビの山は、いっしゅんのうちに『サル山』になりました。キャンキャンと黄色い声でないて、つりばしをわたったり、ぶらんこにのってあそびはじめました。


あそびつかれたサルたちは、こおりの山にのぼると、また、かいだんをすべって、みずうみにとびこみました。とびこんだのは、さっきとちがうみずうみです。

「九十九、百。やっぱり百わだ！」

ジンがさけびました。サルたちは水めんにもぐり、ぶくぶくぶくっとあわをたてて、いっせいに顔を出しました。

するとどうでしょう。百ぴきのサルたちが、今《こん》どは、みなカラスにかわっています。

「あたしの目、ぼんくらになったみたい。サルがカラスに見えるわ。」

エッちゃんが、りょう目をこおりでひやしながらいいました。

「いや、ぼくの目にもカラスの大ぐんがうつっている。きっと、目の前には、カラスがいるにちがいない。」

ジンは、ふしぎそうに首をひねりました。

「サルがカラスにかわった？　そんなこと、あるはずないわよね。」

天使は、まるでしんじられないといった口ぶりです。サル山は、いっしゅんのうちに、『カラス山』になりました。ソプラノとアルトにわかれ、大がっしょうがはじまりました。

歌いつかれたカラスたちは、こおりの山にのぼると、また、かいだんをすべって、みずうみにとびこみました。とびこんだのは、さっきとちがうみずうみです。

「九十九、百、百一。えっ、百一わ？　一わ、ふえている！」

ジンがさけびました。カラスたちは水めんにもぐり、ぶくぶくぶくっとあわをたてて、いっせいに顔を出しました。すると、どうでしょう。たくさんのカラスたちが、今《こん》どは、みなチョウチョウにかわっています。

「あたしの目、やくにたたないわ。カラスがチョウチョウに見える。」

エッちゃんが、目をとじていいました。

「いや、ぼくの目にもチョウチョウの大ぐんがうつっている。きっと、目の前には、チョウチョウがいるにちがいない。」

ジンは、ふしぎそうに首をひねりました。

「きっと、カラスがチョウチョウにへんしんしたのよ。しんじられないけど、じじつだわ。」

天使は、しずかにいいました。

カラス山は、いっしゅんのうちに、『チョウチョウ山』になりました。七色のはねがアーチをつくり、こおりの山に大きなにじがかかりました。

ジンは、チョウチョウの数を、「一、二、三…。」とかぞえはじめました。

「九十九、百。ぴったり百ぴきだ！　さっき、カラスの数は、たしかに百一わだったのに…。」

「一わのカラスは、いったいどこへきえたのかしら？　カラスが、チョウチョウにへんしんしたのだとしたら、一わだけ行方《ゆくえ》ふめいってことになるわ。」

エッちゃんは、頭がへんになりそうな気がしてきました。

さて、ここで、もんだいです。

一わだけ行方《ゆくえ》ふめいのカラスとは、だれのことでしょう。

とつぜん、だれかってたずねられても、わかるはずないわよね。行方《ゆくえ》ふめいでも、そうでなくてもカラスはカラス。

それ以外《いがい》の何者でもない。だれかなんてたずねる方がおかしいのかもしれません。

でもね、このカラスはとくべつなカラス。ちゃんとした名前《なまえ》まで、つけられていたのです。

この物語にも、とうじょうしています。ここまで書くと、

「そうか、わかったぞ！」

と、目をかがやかせた人もたくさんいることでしょう。

答えを知りたいという人は、この先をつづけて読んでください。

その時、せなかの方で、

「魔女《まじょ》さん、わたしです。」

という声がしました。ふりかえると、まっ黒なカラスがこおりの上にいました。はねは、ぐっしょりぬれています。

「あなたは、もしかして金色のひな？」

「ええ、そうです。わたしの名前《なまえ》は、『ウォーター』といいます。母《かあ》さんからの手紙でわかったのです。魔女《まじょ》さん、少し、お時間《じかん》ありますか?」

「ええ、十分《じゅうぶん》あるわ。」

「ああ、よかった。じつは、この星にきてから、ふしぎなことがつづいておこるの。そのたびに、わたしのむねは高なって、今じゃどきどきがとまらない。だれかに話せば少《すこ》しはおさまると思うの。魔女《まじょ》さん、わたしの話、ぜひ聞いて! おねがいします。」

ウォーターが、はねをパタパタさせていいました。

だれかに聞いてもらいたくて、うずうずしていたのです
「こんにちは! この星のすみごこちはいかが?」

天使がぱたぱたとんで、ウォーターの前にあらわれました。

「あらまっ、天使さん、ふしぎなこの星をかしてくださってありがとう。おかげで、たいくつ知らず。すみごこちは、ばつぐんだわ。だって、わたしは、なぞめいたことが大すき。はっとして、どきっとして、せなかがぞくぞくっとする気分《きぶん》が、たまらないの。でもね、こうふんのしっぱなしで、ちょっぴりくるしくなったから、魔女《まじょ》さんに聞いてもらおうとおねがいしていたところなの。」

ウォーターが、いたずらっぽい目をぱちくりさせていいました。

「グッドタイミング! その話、じっくり聞かせて!」

天使のひとみは、トパーズ色にかがやきました。

「あのばん、この星のドアをあけたらまっくらやみの部屋《へや》に明かりがともった。その時、わたしのからだは黒くなったの。おどろいて、顔をあげると、目の前に、それはあざやかなるり色の

海が広がっていたわ。じっと見つめていると、海の中から、まるでおにのつのみたいなこおりがつきだしてきたの。みるみるうちにふくらんで、でこぼこの山になった。すると、今《こん》どは、あちこちにすべりだいやブランコ、ジャングルジムなどができてあそべるようになったの。わたしは、ついついうれしくなって、こおりの山にとんでいった。その時だったわ。こおりのあなから、ペンギンたちがぎょうれつをつくってあらわれたの。わたしは、こうふんしたわ。ふと、下を見ると、るり色の海に島々《しまじま》ができて、大きな海が五つのみずうみにわかれていった。おどろいていた時、魔女《まじょ》さんたちがきたってわけ。」

ウォーターは、一気《いっき》にしゃべりました。

今まであったことを口にすると、ようやくおちついてきました。ウォーターは大きくいきをしてつづけました。

「それからあとは、さっきおこったとおり。」

「そんなことがあったの。ところで、さっきみずうみにとびこまなかった?」

「もちろん、とびこんだわ。カラスの大ぐんがあらわれたものだから、それはもう大あわて。わたしだけ、とりのこされちゃいけないと思ってひっしだった。ぎょうれつのさいごに間にあって、とびこんだ時にはほっとしたわ。」

「カラスたちは、みな、チョウチョウにかわったでしょう。」

「ええ、そうなの。ところが、わたしは、カラスのままだった。どうしてかしら?　なんだか、さびしい。」

ウォーターが、はねをぎゅっとしめました。すると、天使は、

「そうだったの。」

といって、こくんとうなづきました。

「みんな、こっちにきてごらん？」

ジンが、いきをきらしてやってきました。

「いったい、どうしたっていうの。」

エッちゃんが、目をぱちくりさせました。

「いいから、はやく！」

「わかったわ。」

「こっちだ！」

ジンはものすごいスピードで、こおりのすべりだいをすべっていきました。二人《ふたり》とカラスも、あわててジンのあとをおいかけました。山の下には、るり色のみずうみがどこまでも広がっていました。水めんが、ぴかぴか光っています。

「きれいね。」

エッちゃんは目をほそめました。

「そんなことじゃないんだ。これを見て！」

ジンは、こおりのトンネルに入ると、りょう手にまきものをもって出てきました。

くるくるくるっとひらくと、さて、どんなことが書いてあったでしょう？

☆ この星のひみつ

五つのみずうみには、へんしんの力がある。いきものたちは、水の中にとびこむことにより、自分《じぶん》のすがたをかえることができる。

たとえば、ネズミがネコになったり、サンマがワシになったり、ゴリラが人間になったりもできる。水のしゅ類《るい》は、次にあげる五しゅ類《るい》である。

◆こんちゅう類《るい》
◆魚類《るい》　貝類《るい》
◆はちゅう類《るい》　りょうせい類《るい》
◆鳥類《るい》
◆ほにゅう類《るい》

へんしんの方法はかんたん、おこのみの水にとびこむだけでいい。

この星を、名づけて『へんしんの星』とよぶことにしよう。いつの時代にも、いきものたちは、自分以外《じぶんいがい》のものに、へんしんしたいというねがいをもってきた。

そのねがいをかなえるのが、この星のつとめである。ただし、この星の主《あるじ》だけは、すがたをかえることができない。

なぜならば、ほんものの主《あるじ》とは、自分のしあわせをもとめるものではなく、すべてのいきものたちにしあわせをあたえるものであるからだ。


（かみさまより）

「やっぱり、あなたは、この星の主《あるじ》なんだ。そのしょうこに、さっきへんしんしなかったもの。」

天使は、目をまるくしていいました。

「わたしが、この星の主《あるじ》？　そんなこと、きゅうにいわれても、ぜんぜんじっかんがわかないわ。」

ウォーターは、まるでしんじられないといった口ぶりでいいました。

「だけど、それがしんじつなのよ。かみさまったら、どんな星になろうと自由《じゆう》だなんていってたくせに、ちゃっかりまきものなんか作って…。やってくれるじゃない。うふふっ。」

天使は、小さな声でつぶやきました。

「しょうらい、この星が発見されたら、みんなどんなにおどろくでしょうね。」

エッちゃんが目をぱちくりさせていうと、ジンはすぐに、

「ああ、そうだな。きっと、たいへんなさわぎになるだろう。」

と、あいづちをうちました。

「ところで、ウォーター、この星をたのむわね。あたしたち、かえらなくちゃならないの。」

エッちゃんがほうきを手にして、さびしそうにいいました。

「まかして！　とはいえないけれど、わたしなりにどりょくしてみる。またいつか、あそびにきてね。ぜったいよ！」

ウォーターは、大きく手をふりました。


みんながかえったあと、ウォーターは、みずうみのそばをたんけんしてみました。すると、はちゅう類《るい》りょうせい類《るい》と書いたかんばんのすぐ下に、ゴシキヘビ、ムカシトカゲ、ピンクガメ、オオグチワニ、ペットキョウリュウ、ミズタマガエル、オオサンショウウオハンサムイモ

リなどとかいたボタンがありました。

「すきなボタンをおせば、そのいきものになれるってわけね。わたし、けんきゅうして、もっとたくさんのしゅ類《るい》を作る。」

ウォーターは、はずんでいいました。

# 15　ゴールドと金メダル星

かえり道、エッちゃんがうっとりとしたひょうじょうで、

「ウォーターったら、やる気まんまん。それにしても、この星はすごいわ。長い間、かなわなかったいきものたちのゆめをかなえてくれる。」

といいました。ところが、ジンは、

「ああ、だけど、ぼくは、すんなりさんせいできない。」

といって、顔をくもらせました。

「へんなこというわねぇ。いったい、どうして？」

エッちゃんがふしぎそうな顔でたずねると、ジンは、ぽつりぽつりとしゃべりはじめました。

「だって、よく考えてごらんよ。すきないきものになれるなんて聞いたら、みんな大はしゃぎ。おそらく、ほとんどのいきものたちがここへやってくるだろう。そうなると、この星はきけんだ。空気はよごれ、やがて、いきができないほどになるだろう。とうぜん、食べものだってなくなる。しかし、食べないと死んでしまうのだ。もはや、生きるためには、なかまをころして食べるしか方法《ほうほう》がない。強いものが生きのびていく。となると、強いいきものになることが、しあわせのじょうけんになってしまう。ほんとうは、かわいいウサギになろうと思ってやってきたのに、ここへきたら、とつぜんへんこうして、『ライオンにドロン！』なんてことになりかねない。ライオンのえじきになっていのちをおとすぐらいなら、よていをへんこうした方がりこうというもの。ぼくがいいたいことは、もしかしたら、きょうりゅうやライオンやタカなど、強いいきものに人気《にんき》がしゅう中して増《ふ》える一方で、いのちをねらわれるきけんせいのある、よわいいきものがきゅうげきにへってしまうかもしれないということなんだ。」

「生《せい》ぶつ界のバランスが、くずれるってことね。そんなことになったらたいへん。ところで、人間たちはこの星にくるかしら？」

エッちゃんがたずねると、天使は、

「もちろん、人間だって同じよ。生《せい》ぶつたちは、みな自分《じぶん》にはないものをのぞむわけでしょ。せなかに大きなつばさをつけて大空をとんでみたいとか、ふかい海のそこにもぐって、イルカのようにおよいでみたいとか、犬になって、まい日、ひなたぼっこしていたいとかって思ってる。そのゆめがじつげんするって聞いたらいちだいじ。この星にふっとんできて、おめあてのみずうみにいきおいよくとびこむにちがいないわ。わたしだって同じよ。ふふっ。何にへんしんしようかしら…？」

と、わらっていいました。

「あたしは…、そうだ！　ミノムシにでもなって、一日中ねむっていよう。」

「まったく、あんたはなまけものだよ。」

「いいじゃないの。何になろうと、あたしのかってだわ。そういえば、ナマケモノもいいわねぇ。まよっちゃうわ。」

エッちゃんは、むねをときめかせました。

「どうぞ、かってに、すきなだけまよってくれ。ところで、さっきの話だけど、生《せい》ぶつ界《かい》のバランスをたもつには、次のだんかいが、とっても大じなんじゃないかなあ。これは、あくまでも、ぼくのこじんてきな考えなんだけどさあ。」

ジンがまじめくさっていいました。

「次のだんかい？」

エッちゃんと天使が、いっしょにたずねました。

「それはね、一どおめあてのいきものになったあと、『なやみはあったけど、やっぱり、考える人間のほうがたのしかったなあ。』とか、『自由《じゆう》気ままなすずめの方がよかったわ。』といって、元のすがたにもどるだんかいのことだよ。元にもどれば、えいえんに生《せい》ぶつ界《かい》のバランスがくずれることはない。」

ジンは、二人《ふたり》をじゅんに見つめながらこたえました。

「そうか！　あんたって頭がいいわねぇ。」

エッちゃんがさけびました。すると、天使もほおをピンク色にそめて、

「ジンさんの考えのふかさには、頭が下がるわ。いつも、わたしのそばにいてくれたらなあ。」

といいました。

「たまちゃんのそばにいられたら、ぼくも、どんなにしあわせだろう。だけど、ぼくには、エッちゃんを一人前《いちにんまえ》の魔女《まじょ》にするというつとめがある。わるいけど…。」

ジンは、ことばをにごしていいました。

「ごめんなさい。いいのよ、さいしょからわかってる。」

天使は頭をちょこんと下げると、つづけていいました。

「元のすがたにもどるってことは、いきものたちが、今げんざいのすがたに、あるていどまんぞくしていなければむりでしょう？」

「まったく、そのとおり！　動ぶつたちが、それぞれに、自分自身《じぶんじしん》にみりょくをかんじ、『わたしは、今のままで十分《じゅうぶん》しあわせ！』って気持ちでせいかつしていれば、何のもんだいもない。」

ジンが、大きく首をたてにふりました。

「地球《ちきゅう》のいきものたちに、しあわせな気分《きぶん》を、たっぷりとあじわわせてあげてね。エッちゃん、たのむわよ。」

天使が、エッちゃんのかたをポンとたたきました。

「えっ、たまちゃん。それってあたしのしごと？」

エッちゃんは、おどろきの声をあげました。

「もちろん。魔女《まじょ》さんがやらなくて、だれがやるの？」

「そうか…、わかったわ。まかして！　とはいえないけど、どりょくしてみる。」

エッちゃんがそういった時、ほうきのばあさんが、いらいらして、

「三人さんよ、もう、話は終わったかい？　わしは、まちくたびれた。こうして空にういているのが、一ばんつかれるんじゃ。だれが何といっても、しゅっぱつするよ。」

といいました。

ほうきのばあさんは、話がしんこくになったけはいをかんじ、気をきかして、とまっていたのです。でも、三人とも、話にむちゅうで、ぜんぜん気づきませんでした。

「おばば、おまたせ。まっててくれてありがとう。グッドタイミングよ！」

エッちゃんが、はっとしてさけびました。


「カラスのひな座《ざ》へレッツゴー！」

三人の声は、コバルトブルーの空にすいこまれていきました。

「となりの星をめざしましょう。わたしも、このままのせてもらっていいかしら？」

天使がたずねました。

「たまちゃん、おやすいごようじゃ。」

ほうきのばあさんは、にこにこしてこたえました。

「どきどきするわ。かみさまの計画した四つめの星ね。」

エッちゃんがむねをときめかせていると、やがて、ゴールド色の星につきました。

「さあ、ついたよ。わしはつかれたから、ここでひとやすみじゃ。」

というと、ほうきのばあさんは、大きないびきをかいてねむってしまいました。

「やれやれ、よっぽど、つかれがたまっていたのね。」

エッちゃんがつぶやいた時です。ジンが、とおくをゆびさしました。

「何だろう？　ぴかぴか光ってる。」

「行ってみましょう。」

というなり、天使は高くまいあがりました。

「かがやきのしょうたいは、きっと、あれにちがいないわ。」

エッちゃんも、光にむかって、すぐにあとをおいました。

ところが、そこには何もありません。たいらなじめんがあるだけでした。

「なんだ、何もないじゃない。あーあ、きたいしてそんしちゃった。」

エッちゃんは、がっかりしていいました。

「こんなに光ってるじゃないか。この中に、何かうまっているにちがいない。」

じめんの上には何もないのに、まわりが金色にかがやいていました。

ジンは、前あしでじめんをほりはじめました。むちゅうでほると、カチンと音がしました。

「何かある！」

あわててとりだすと、それは、ぶあつい金のいたでした。まんまるのお月さまみたいなかたちをしています。

あたりは、きゅうにかがやきだしました。まぶしくて、三人は目をほそめました。

「あっ、金メダル！　ほんものの金にちがいないわ！　だって、こんなにぴかぴかしてるもの。地球《ちきゅう》にもちかえってお金にしたら、何十億《おく》、いや何千億《おく》だわ。ジン、きっと、あたしたち億万《おくまん》長者《ちょうじゃ》よ。ごうかなきゅうでんをたてて、すてきなドレスきて、まい日、何を食べようかしら…？　あつあつのステーキもいいけど、ビッグなエビフライもたまらないわ。デザートの、ショートケーキとミルクティもかかせないし…。あーあ、まよっちゃう。ジン、あんたのは、そうね、おさかなのフルコースなんてのもいいんじゃない？　すてきな音楽を聞きながら、のんびりといただくの。ジン、けっして早ぐいはだめよ。それから、あたしは、やさしい王子さまとけっこんして、うふふっ、あとはどうしようかしら…？」

今や、エッちゃんのひとみは、金メダルにまけないくらいかがやいていました。

「エッちゃん、たいへん！」

天使が、おどろきの声をあげました。

エッちゃんとジンは、あわててふりむきました。

「ここを見て！　大きなほらあながあるの。」

天使は、じめんをゆびさしていいました。

メダルのでてきたすぐそばに、人が入れるほどのあながあったのです。でも、草かげになっていて気づきませんでした。

中は、まっくらでよく見えません。いったいどこまで続いているのでしょう？

「そうだ！　これを明かりにしましょう。」

というと、エッちゃんは手にもっていた金メダルをあなの中にさしだしました。

くらかったあなの中が、うすぼんやりと見えてきました。

「エッちゃん、頭いい！」

「えへへっ、それほどでもないわ。」

エッちゃんは、てれていいました。

「たまちゃん、入ってみようか？　あなの中をぼうけんしたくなったの。」

「ええ、じつは、わたしもそう思っていたところ。」

天使は、わらっていいました。

「♪行こう！　行こう！　あなの中。みんなで行けばこわくない♪」

ジンは、きゅうに歌いだしました。

三人は、ジンをせんとうに歩きはじめました。エッちゃんも、天使も、いがいにこわがりだったのです。

ずっと、どこまでも歩いていくと、とおくにゴールドの明かりが見えてきました。

「あそこに、何かある。」

三人は、また、明かりにむかって歩きはじめました。

とうとう、明かりにつきました。そこにはいったい、何があったでしょう。

かがやきのまん中には、せいの二ばいほどもあるゴールドのつぼがそびえていました。

「うわーっ、まるでつぼ山だわ！」

エッちゃんは、つぼを見上げました。

「何が入っているのかしら？」

天使は、ふしぎそうにいいました。

「小人《こびと》だわ！　あんなにたくさん！」

エッちゃんの目が点になりました。

ゴールドのつぼには、はしごがかかっており、その上を何十人もの小人《こびと》たちが、のぼりおりしていました。せなかには、コップをしょっています。

小人《こびと》たちは、コップの中に金色のこなを入れてのぼりました。上までくると、それをつぼの中にパラパラとおとしました。

「つぼのなかみは、金ぷんだ。」

ジンがさけびました。

つぼのそこにはあながあって、そこから、とけだした金が、ほそいくだをとおってどろどろながれだしました。どうやら、このつぼには、金ぷんをえきたいにかえる力がかくされているようです。

ながれだした金色の水は、あついてっぱんの上でいくつものまるい型《かた》に入りました。まるで、大ばんやきみたいです。

型《かた》に入ると、金のえきたいはすぐにかたまりました。きつね色にやきあがっています。小人《こびと》たちは、てっぱんの金をうらにかえし、

「よし、きずはない。さいこうのできだ！」

とか、

「これはだめだ。ひびがはいっている。」

といいながら、しあがりぐあいをてんけんしました。

エッちゃんはてっぱんの上の金を見て、思わず、

「おいしそう。まるで、ホットケーキみたいだわ。」

と、さけびました。

おなかがすいていたのです。よくよく考えてみたら、ここ何日か、たいした食事はしていません。でがけに、あわててバッグにつめこんできたパンとクラッカーを、数まい口にしただけでした。

ちょうどその時、一わのカラスがとびこんできました。カラスは、いきおいよくホットケーキをくちばしにはさむと、あなの外にとびたとうとしました。

「もしかしたら、あなたは金色のひな?」

エッちゃんは、とっさに声をかけました。すると、黒いカラスはうしろをふりむいて、

「魔女《まじょ》さん!」

といいました。カラスが口をあけたしゅん間ホットケーキはころころころがって、ジンのあしもとでとまりました。ジンは、じっと見つめると、

「これは、金メダル!　さっきほりだしたのとまったくおんなじだ。」

といって、目をパチクリさせました。

しかし、カラスには、何のことかさっぱりわかりません。

「たいせつなメダルが…。われちゃったかしら?」

というと、心《しん》ぱいそうな顔をしました。

「大じょうぶ。われてないわ。」

天使がいうと、カラスはほっとしていいました。

「ああ、よかった。あらら天使さん、こんにちは。この星にようこそ。ここは、わたしにさいてきの部屋《へや》だったわ。だって、ぴったりのしごとがあるの。」

「ぴったりのしごと?」

「それは、小人《こびと》たちが、地下しつで作った金メダルをじめんにうめるしごとなの。わたし、ゴールドがたまらなくすき。どうしてってたずねられても、よくわからない。ただね、銀《ぎん》や銅《どう》のかがやきにくらべると、高貴《こうき》で気品があるでしょう。そんなすてきなものを、まい日、はこべるんだと思うと、どきどきするの。」

カラスが、うっとりしていいました。

「あなたは金色のひなで、名前《なまえ》は、『ゴールド』っていうんじゃない？」

エッちゃんがたずねました。

「そうよ。わたしの名前《なまえ》は、『ゴールド』。母《かあ》さんが手紙をくれてわかったの。だけど魔女《まじょ》さんが、どうして知ってるの？」

カラスが目をまるくして、すっとんきょうな声をあげました。

「あたし、あなたの姉妹《しまい》たちに会って、その手紙を見せてもらったの。その中に、ゴールドっていう名前《なまえ》があったのを思い出したの。あなたが、あんまりゴールドがすきっていうものだから、ぴんときたってわけ。」

エッちゃんは、ゆびをならしました。

「それにしても、この星には、金がたくさんあるわね。小人《こびと》たちがはこんでいた金ぷんは、いったいどこにあるの？」

天使がたずねると、ゴールドは、まってましたとばかりにこたえました。

「この星の地下に、かぎりなくうまってる。あなをほると、ふかさ七メートルほどで、出てくるわ。だけどね、あなをほるのは、わたしじゃない。あなほり名人のもぐら。名前《なまえ》は、『土たろう』っていうの。きっと今も、どこかで、金ぷんをさがしあてるはずよ。ふしぎなことに、でてきた金ぷんはいくらとっても、なくならない。わき水のようにわいてくるの。おかげで、金メダルは、一日に、およそ百ほどできる。」

「このままいったら、すごい数ね。えっと、十日で千こ。ということは、えっと…百日で一万こ。一年で、ええっと、三万六千五百こだわ。」

エッちゃんが考えながらいうと、そのあとをジンがつづけました。

「十年で三十六万五千こ。百年で三百六十五万こ。千年で三千六百五十万こ。一万年で三億《おく》六千五百万こ。十万年で三十六億《おく》五千万こ…。」

「ジンさんたら、もういいわ。」

天使がわらっていいました。

「ところで、どうして、そんなに金メダルを作っているの？」

エッちゃんがたずねました。

「それが、この星の役目なの。地球《ちきゅう》の人間たちは、それぞれに個性《こせい》てきで、すぐれた力を身につけている。『このことだったら、だれにも負《ま》けないぞ。自分《じぶん》が、世界中で一ばんだ。』ってほこれる何かをね。ところが、ほとんどの人間たちは、まったくそのことに気づいてない。ほかの人間たちのすぐれたところを見ては、『なんて、うらやましい！　わたしもあの人のように速《はや》くはしりたい。』とか、『あの子のように、算数のテストで、百点がとれたらなあ。』といって、ためいきをつくしまつ。自分《じぶん》には、もっとほかに、絵がうまいとか、やさしいとか、いつもほがらかだとかっていう、長所がたくさんあるのに気づかない。こんなかなしいことがあるかしら？　わたしは、人間たち一人《ひとり》ひとりに、もっとじしんをもって生きてほしいの。しっぱいをおそれずゆうきをふるって、いろんなことにチャレンジしてほしいなあ。おうえんのいみもこめて、金メダルをあげたいの。もちろん、全員《ぜんいん》にね。一人《ひとり》にひとずついきわたるよう、たくさん作ってるってわけ。だって、少《すく》ないと、とりあいがはじまってしまうでしょう?」

ゴールドが、いいました。

「人間たちが金メダルをもらったら、どんなにおどろくかしら…。」

エッちゃんは、わくわくしてきました。

「ああ、びっくりぎょうてんするだろうな。自分《じぶん》にじしんがついちゃって、いろんなことをはじめるだろう。」

「そうなったら、地球《ちきゅう》はますますはってんするにちがいないわ。そして、何よりも、じしんがなくて自殺《じさつ》したり、よわい者いじめをしたりする人も、へることでしょう。ゴールド、すてきな星をつくってくれてありがとう。かみさまも、まんぞくしているにちがいない。」

天使がえがおでいった時、とおくで、

「はっくしょん!」

という、大きなくしゃみが聞こえました。

きっと、かみさまにちがいありません。

さて、ここでもんだいです。


ゴールドは、金メダルを、どうして地面《じめん》にうめたのでしょう。

これを読んでいるあなたは、どう思いますか。考えついた人はいるでしょうか?

さあ、答えをかきますよ。心のじゅんびはいいですか?

じつは、ゴールドは、金メダルのたねをうえて、メダルをたくさんならせようと思ったのです。ところが、ざんねんなことに、いつまでたっても、金メダルの木は芽《め》を出しませんでした。

でも、ゴールドは、あきらめずに、メダルをじめんにうめつづけました。いつの日か、メダルの木に、金メダルの実が、たわわにみのることをゆめみていたのです。

# 16　ウッドとバナナ虫星

金メダル星を出る時、エッちゃんがおなかをおさえました。

「おなかがいたいの？」

天使が心《しん》ぱいそうに声をかけると、エッちゃんは、まゆをしかめながら、

「ちがう、いたいんじゃなくて…、えへへっ、あたしお

なかがすいたの。」

と、ちょっぴりわらっていいました。

「そうだ。考えてみたら、わたしたち、しょくじらしいしょくじはしてなかった。ちかくに、おいしいレストランがあるの。行ってみましょう。あんないするわ。」

「ほんとう？　たまちゃん、あたし元気が出てきた。」

エッちゃんは、いきおいよくほうきにとびのりました。

「まったく、げんきんなんだから……。」

ほうきのばあさんは、あきれかえっていいました。

　何分かすると、天使が、さんかくのかたちをしたイチゴ色の星をゆびさして、

「そこよ。イチゴレストランっていうの。」

といいました。

　お店に入ると、テーブルもいすも、おそろいのイチゴ色です。はこばれてくるうつわやフォークやナイフまでが、目のさめるようなイチゴ色をしていました。

「わぁ、かわいい！」

エッちゃんは、思わずさけびました。

ウェートレスは、やっぱりイチゴ色のエプロンをつけていました。三かくきんと、ポケットは、まっ白のレースです。

つぎからつぎへと、いろんなりょうりをはこんできました。コック長が、

「地球《ちきゅう》の魔女《まじょ》さん？　それはめずらしい！」

といって、ふんぱつしたのです。

あっという間に、テーブルの上はいっぱいになりました。スープにサラダにやきたてパンに、ステーキにスパゲッティにおさかなりょうりが、ところせましとならびました。

「おりょうりも、すべてイチゴあじよ。なぜかっていうと、油は『イチゴ油』、たれは『イチゴのたれ』、ドレッシングは『イチゴドレッシング』というように、ほとんどが、イチゴあじになっているからなの。わたし、ここのイチゴスパゲッティが大すきで、よくくるの。さあさ、食べて！」

「いただきます！」

というと、エッちゃんとジンは、むちゅうで食べました。

あんなにあったおりょうりが、ひとつひとつきえ、さいごには、おさらだけになりました。

コック長は、

「わしのりょうりが、かくべつおいしかったにちがいない。今《こん》ど、地球《ちきゅう》にお店をだそうかな。」

と、にこにこしていいました。

「ところで、たまちゃん、イチゴは、どこからはこばれてくるの？」

エッちゃんは、デザートのイチゴタルトを食べながらたずねました。

「ちかくのイチゴのうじょうよ。年中、おいしいみをつけてるわ。このごろ、ペパーミントグリーンやパープルのイチゴもかいはつされてるらしいわ。だけど、わたしは、やっぱり赤がいいな。」

「そうだったの。ああ、おいしかった。ごちそうさま！」

「ふーっ、まんぞく。これで、あと一週間、何も食べなくたって平気だよ。ごちそうさま！」

ジンは、口のまわりにイチゴをつけていいました。

「またおいでください。」

コック長がふといまゆ毛を下げていうと、エッちゃんは、

「とってもおいしかったわ。今《こん》どくる時は、友だちをつれてね。」

といいました。

「さて、おなかもまんぞくしたことだし、つぎの星へ行こう！」

ジンがいいました。

「あそこに、バナナ色した星がみえる。もしかしたら、食べごろのあまーいバナナがいっぱいなっているかもしれないわ。」

エッちゃんがさけびました。

「あきれた！　あんた、まだ、おなかがすいているのかい？」

「いいわ。行きましょう！　あんなところに、星があったなんて…。今までくらかったから、きづかなかったわ。」

天使がわらっていいました。

すぐ先に、トパーズ色の星がかがやいて見えました。


「カラスのひな座《ざ》へレッツゴー！」

三人の声は、さわやかなスカイブルーの空にすいこまれていきました。

「どきどきするわ。かみさまの計画した五つめの星ね。」

エッちゃんがむねをときめかせていると、やがて、トパーズ色の星につきました。

「さあ、ついたよ！　わしは、ここでるすばんじゃ。すきなところへ行っておいで。ゆっくりし

てきていいからね。」

ほうきのばあさんは、にんまりしていいました。

なぜかって？　それはね、イチゴレストランでこんなことがあったのです。

コック長さんは、お店の外でまっているばあさんに、

「ほんの少《すこ》しですが、みなさんでめしあがってください。」

といって、やきたてパンを四つふくろに入れてくれました。

ほうきのばあさんは、そのパンを一人《ひとり》じめしようと思ったのです。

その時です。ほうきからおりた三人は、鼻《はな》をつまんでいいました。

「くさいわ！」

「何のにおいかしら…？」

「いきができない！」

そよそよと風にのって、くさいにおいがはこばれてきました。

「行ってみよう！」

ジンが、まっ先にはしりだしました。エッちゃんと天使も、すぐにつづきました。

「あきれた！　この星は、ごみだらけだ。」

ジンがいいました。

「くさいわけよ。生《なま》ごみが、こんなにおちてるんですもの。」

エッちゃんは、顔半分をスカーフでおおっていいました。

あたり一面に、キャベツのしんやレタスのはっぱ、じゃがいもやニンジンのかわがちらばっています。少《すこ》しはなれたところに、つぶれたトマトがひとつまるごところがっていました。

「あれは？」

天使のゆびのさきには、大きな山がそびえていました。

三人は、東にむかってかけだしました。山にちかづくにつれ、においが強くなってきました。

「ごみの山だ！」

ジンがさけびました。

上のほうは、色がついていますが、下のほうは黒一色です。長い年月のうちに、くさってしまったのでしょう。

ごみのしょうたいが、まったくはんべつできません。ただひとつ、はっきりしていることは、生《なま》ごみだということです。

山のところどころから、黒いしるがしみでていました。

「あのしるをあつめたら、『ごみのこう水《すい》』ができる。もしかしたら、大りゅうこうするかもね。」

エッちゃんが、うきうきしていいました。

「そんなのかう人はだれもいない。あんただけだよ。」

ジンは、あきれかえっていいました。

「そうかしら…？　でも、人間てさ、けっこうりゅうこうに弱いんだ。『赤が、今年のラッキーカラーです。』なんていうと、たちまち町は赤であふれるし、『がんぐろが人気です。』なんていうと、あっという間に黒い顔の若者《わかもの》がふえていく。体にいいとかわるいとか、自分《じぶん》ににあうとかにあわないとかじゃないの。みんなしてるから、のりおくれないよう、自分《じぶん》もするっていうのが、ほとんどよ。だからね、『今年《ことし》のこう水《すい》は、このくささがうりものです。』なんてせんでんすれば、とぶようにうれると思うの。」

「そうか、考えられないことじゃないな。」

ジンは、うなずいていいました。

「でしょう？ そのこう水《すい》に何て名づけよう？ 『ごみーず』がいいかな？ それとも、『ブラックウォーター』がいいかな？ そうだ、せんでんに、こんなコピーをつけるのよ。『大人《おとな》のかおり・にがみばしったかおりのするこう水《すい》。あなたも、一どつけてみませんか？』なんてね。どうかしら？」

エッちゃんは、とくいになっていいました。

「魔女《まじょ》さんは、おもしろいことをいうのね。わたし、楽しくなってきたわ。」

天使がかん心していいました。

「あれっ、あそこに見えるのは何だろう？」

今《こん》どは、ジンがゆびさしました。

ゆびのさきには、さっきの何ばいもある山がそびえています。三人は、西にむかってかけだしました。

「やっぱり、ごみの山だ！」

ジンがさけびました。れいぞうこやテレビ、せんたくきや電子レンジなどの電気せいひんにまじり、自動車や小さな家までが、うず高くつまれています。間には、クマのぬいぐるみや車などのおもちゃが顔をだしていました。

「こっちのごみはくさくないわ。だけど、すごいりょうだわ。」

エッちゃんは、目をまるくしました。

「ああ、それにしても、もったいないな。」

ジンは、ためいきをついていいました。

「まだ、つかえそうなものばかり。そのしょうこにあんまりこわれてない。」

天使が、れいぞうこのふたをあけていいました。

「きっと、しゅうりすればつかえるんだと思うんだ。だけど、しゅうりには、手間ひまがかかる。少《すこ》しお金をだせば、新しいのがてがるにかえるだろう？　だから、こうしてすぐにすててしまうんだ。」

ジンは、かなしそうにいいました。


その時、一わのカラスが山のむこうからとんできました。

「魔女《まじょ》さんじゃないか！　どうしたの？」

「あっ、あなた、金色のひなでしょう？　あたし、あなたたちのようすを見にきたのよ。元気？」

「元気だけど、ちょっとこまってる。そうそう、ぼくの名前《なまえ》は、『ウッド』っていうんだ。」

カラスが、ひたいにふかいしわをよせていいました。

「こまっていることって、ごみのことでしょう？」

「そう、まったく、魔女《まじょ》さんのいうとおり。この星は、ごみだらけ。東には生《なま》ごみ、西にはそだいごみ。二つの山がそびえてる。『ごみ星』と名づけた方が、ぴったりだ。ぼくは、どうにかして、この星をきれいにしたいんだ。」

ウッドが、しんけんな顔をしていいました。

「その気持ち、とってもよくわかる。」

天使が、目をぱちくりさせていいました。すると、長いまつ毛が、くるりんと上をむきました。

「そうそう、おもしろい木があるんだ。こっちにきてくれ。」

ウッドはまいあがると、すぐに、一本の木におりたちました。

「バナナの木だわ。あたしのよそうがぴったりあたった！」

エッちゃんがはずんでいいました。

見あげると、みどりのはのかげに、きいろいバナナのみが一本だけ、ぶらさがっています。

「ウッド、さっき、君はおもしろい木っていったね？　ぼくには、ただのバナナの木にしか見えない。」

ジンはウッドを見あげました。

「この木は、ただのバナナの木じゃない。じつは…」

といった時、一本のバナナがじめんにおちました。

エッちゃんが、食べようとちかよったその時、バナナはうごきだしました。まるで、きいろいミミズが大きくなったみたいです。

「バナナが歩いてる！」

といいながら、あとをつけました。

きいろいミミズは、にょろにょろはって、生《なま》ごみの山にたどりつきました。そして、ごみを食べはじめました。

「バナナがごみを食べてる！　そんなばかな。あたしったら、ゆめを見てるのかしら。」

といって、ほっぺをつねりました。

「いたい！」

エッちゃんはとびあがりました。

「魔女《まじょ》さん、このバナナはごみを食べる虫なんだ。ゆめじゃない、ほんとうにここにいる。ぼくは、『バナナ虫』ってよぶことにしたよ。うれしいことに、こいつのおかげで、ずいぶんごみがへってきたんだ。」

ウッドはにこにこしていいました。

「ほんとうだわ。生《なま》ごみの山が、少しずつひくくなっている。」

天使はおどろいていいました。

「バナナ虫って、まるでそうじきみたい。一気《いっき》にごみをすいとってしまう。」

エッちゃんがさけんだ時、バナナ虫はワインボトルほどの大きさになっていました。

「バナナ虫がふとったわ。」

エッちゃんの目はまんまるです。

バナナ虫は、食べる、食べる。食べるたびに大きくなっていきました。はじめは、ぼうえんきょうのつつほどになり、つぎは、エッちゃんのしんちょうをこし、あっという間にドラムかんほど大きくなってしまいました。

「ひゃー、すごい！」

エッちゃんもジンも天使も、びっくりぎょうてん。こわくてちかづけません。

「ごみの山が……！」

あんなにうず高くつまれていた生《なま》ごみが、小さくなっていました。

バナナ虫のかげにかくれて見えません。こんなに小さくては、もう山とはいえないでしょう。

「あいつがこんなに大きくなったのは、今日《きょう》がはじめてです。それにしても、すごいパワーだ。」

ウッドがはねをぱたぱたさせ、こうふんしていいました。

「ところで、この木は、はじめからここにあったの？　今まで、見たことも聞いたこともないわ。」

エッちゃんがふしぎそうにたずねました。

「いいえ、ぼくがこの星についた時、ドアの前でみどりのなえを見つけたんだ。何のなえかなあとふしぎに思ってうえてみた。一日たったら、ごらんのとおりさ。みどり色のはの間に、トパーズ色のバナナが一本だけぶらさがっていた。ぼくが、つついて食べようとしたしゅん間、バナナが耳もとで『食べないで！　きっと、おいらはあなたのたすけをするだろう。』とささやくじゃないか。その時の、ぼくのおどろきようといったらなかった。しゃべるはずのないバナナがしゃべったんだぜ。ぼくは、食べるのをあきらめた。ふしぎなことがおこったのは、次の日のことだった。」

「それって、バナナ虫のことでしょう？」

エッちゃんは、きょうみしんしんの顔でいいました。

「ああ、ぼくは、この星があんまりきたなくてくさいので、どうしたらいいものかと、バナナの木の上でなげいていたんだ。そしたら、バナナのやつがとつぜんジャンプしておちた。おどろいて地面《じめん》を見ると、虫になってもぞもぞはいだすじゃないか。そして、ごみ山のちょうじょうにのぼると、ごみを食べはじめたんだ。バナナ虫は、ごみを食べるほど大きくなった。ところが、バナナの木にすいつくと、もとの大きさにもどっていた。バナナ虫のおかげで、この星の未来《みらい》は明るくなった。」

ウッドが、とおくを見つめるようにいいました。

「しょうらい、この宇宙《うちゅう》にごみがあふれ出した時、きっとバナナ虫がかつやくするだろう。げんざいの地球《ちきゅう》でも、ごみもんだいは大きなかだいになっている。」

ジンがむずかしい顔でいうと、ウッドは、

「そのために、バナナ虫をふやさなければならない。おそらく一ぴきでは、間にあわないだろう。たくさんなるよう、けんきゅうしてみよう。」

と、いいました。


さて、ここでもんだいです。

バナナ虫のなる木は、何という名前でしょう？

みなさんは、口をそろえて、

「そんなのわかるわけがない。」

ということでしょう。

ごもっともです。それでは、ヒントを出します。

どこのご家庭でも、この木と同じ名前のものがかならず一だいはあります。それは、電気せいひんのひとつです。

お母《かあ》さんのつかう回数が、一ばん多いようです。学校のきょうしつには、このかわりにほうきがおいてあります。

ここまでいえば、もうおわかりでしょう。ヒントがやさしすぎたもしれません。わかった人は、答えをいってください。

せいかいは、『そうじ木』です。バナナ虫のなる木を、そうよんでいたのです。

# 17 ファイヤーとせんたく星

とおくに、オレンジ色の星がかがやいて見えました。

「カラスのひな座《ざ》へレッツゴー！」

三人の声は、ブルーシャンブルーの空にすいこまれていきました。

「かみさまが計画した六つめの星だわ。」

エッちゃんがむねをときめかせていると、やがて、
オレンジ色の星につきました。

町ぜんたいが、オレンジ色のベールをかぶっているみたいです。

空も大地もたてものもみんな、オレンジがかって見えました。

「おまたせ。さあ、ついたよ！」

ほうきのばあさんは、こうふんしていいました。

なぜかオレンジ色を見ると、どきどきするのです。ゆうやけのこうえんで、じいさんと初デートした思い出のせいでしょうか？

「この星には、だれがいるのかしら？」

「七つ子のひなで、あとのこっているのは、えっと…、アースとファイヤーの二人《ふたり》だけ。そのどちらかってことになる。」

ジンがいうと、天使は少し考えてから、

「わたしは、そうね、ファイヤーじゃないかと思うの。ファイヤーは火のこと。オレンジ色は、ほのおの色でしょ。」

と、いいました。


その時です。一わのカラスが、この町で一ばんせいの高いビルディングに入りました。

「カラスだわ！　きっと、ファイヤーにちがいない。」

天使は、ごっくんとつばをのみました。

「すぐに、行ってみましょう。あのビル、カラスが入ったとたん、ますますかがやきだしたわ。」

エッちゃんは、まるで、はとがまめでっぽうをくらったような顔でいいました。

「あの中には、何があるのだろう？」

ジンは、首をひねりました。

三人はビルディングにつくと、上を見あげました。おそらく東京タワーより、ずっと高いでしょう。ビルは、ぜんぶガラスばりです。まん中ほどに、『ハート・クリーニング』という、かんばんがかかっていました。

「ハート・クリーニング？　いったい、何のことかしら…？　わたしえいごがにがて。たまちゃん、どういういみ？」

「ハートは心、クリーニングはせんたくでしょう。つづけていうと、『心のせんたく』ってことになる。ジンさん、どう？」

「ぼくも、たまちゃんと同じ。ちょくやくすると、心のせんたくさ。だけど…、へんだと思わないか？」

「どうして？」

エッちゃんが、目をぱちくりさせてたずねると、ジンは、

「だって、衣類《いるい》はせんたくできるけど、心はせんたくできないだろう。目に見えないものを、どうやってあらうんだい？」

と、まじめくさっていいました。

「あははっ、ジンたら…。きょうようがあると思っていたけど、けっこうぬけてるのね。まあいいわ。」

「ひどいこというじゃないか。人のこと、ぬけてるなんて…。」

ジンは、ちょっぴりおこっていいました。

「あのね、人間たちは、つかれた心をいやしたり、リフレッシュする時に、よく『心のせんたく』っていっている。ごしごしあらうんじゃなくて、いい絵を見たり、音楽を聞いたり、おちゃを

のんだり、たびにでたり、ならいごとをしたりして、心をしんせんにすることをいうの。だから、きっと、このビルの中には、びじゅつかんや音楽ホール、きっさ店やレストラン、ほかにも、りょこうあんないやならいごとセミナーなどが、たっぷりとつまってるんじゃないかと思うの。」

エッちゃんがじしんたっぷりにいうと、天使は、

「きっと、そうにちがいないわ。魔女《まじょ》さんていろんなこと知ってるのね。」

と、感心《かんしん》していいました。

「そうか。」

というと、ジンはそれきりだまってしまいました。

(だめだ！　地球《ちきゅう》にかえったら、もうれつに勉強しよう。)

と、心にちかいました。

「ねぇ、入りましょう。」

天使が、声をかけました。

「ええ、そうしましょう」

三人が入り口に立つと、ドアが自動《じどう》でひらきました。

中に入ると、オレンジ色のエプロンをつけたロボットが、頭の上のライトをピコピコさせながら、

「ようこそ、ハート・クリーニングにおいでくださいました。あなた方は、はじめてのおきゃくさまでございます。わが社では、心のせんたくという、宇宙《うちゅう》ではじめてのこころみをいたします。できぐあいは、あんじるところでございますが、一どおためしくださいませ。何ごとも、

ためしてみませんと、せいかのほどはわかりません。まず、このいすにこしかけてください。」

といいました。

「えっ、あたしたちがはじめて？　そんなばかな…。」

エッちゃんは、あわてていいました。

「それって、ぼくたちがじっけんだいだということ？」

ジンは、ぶるぶるっとふるえました。

「もちろんでございます。今まで、この星には何もありませんでした。数日前、一わのカラスがやってきて、この会社をつくりあげたのです。ぼくも、その時、生まれました。せいのうのいいロボットです。こうして、地球《ちきゅう》の人間たちと自由自《じゆうじ》ざいにコミュニケーションがとれるのです。あのカラスは、ただものではありません。」

ロボットがいうと、頭の上のライトがいきおいよくてんめつしました。

どうやら、おどろきが大きいほど、てんめつもはやくなるようです。ライトは、心《しん》ぞうのようなものかもしれません。

「とにかく、このいすにこしをかけてください。そうだ！　忘《わす》れるところだった。この番号ふだをおとりください。」

「えっ、番号ふだ？　どうして、そんなものがいるの？」

エッちゃんがたずねました。

「どうしてかってもうしますと、せんたくするためには、いったんあなた方の体からハートをぬかなくてはなりません。お客さんがたくさんいると、どのハートがだれのものかくべつがつかなくなってしまいます。せんたくがおわったあと、まちがえてほかの人のハートを入れてしまったのでは大へんでしょう。つまりかんたんにいうと、しあがった心が、たしかに本人のものであるというしょうめいです。くれぐれも、なくさないでください。」

「ロボットさん、わらいごとじゃないわ。ハートをとりだすなんてきけんなこと、わたしできない。だって、もしもせんたくにしっぱいしたら、心がなくなるってことでしょう?」

ロボットが、わらっていいました。

エッちゃんは、顔が青ざめてきました。

「しっぱいはありません。何どもけんきゅうを重ねましたからね。ぼくたちをしんじてください。そりゃあ、はじめのうちは、らんぼうにあらってほころびたり、やぶけたり、はんたいに、やさしくあらいすぎて、よごれがおちないなんてこともありましたよ。でも、今はそんなことありません。せいこうのかくりつは、百パーセントです。大じょうぶ。まかしてください。」

ロボットは、じしんたっぷりにいいました。

「おことばをかえすようだけど、ものごとに百パーセントのものなんてありえない。未知《みち》のものには、かならずやしっぱいがつきまとう。君をしんじたいのはやまやまだけど、もしかしたらしっぱいするかもしれないという不安《ふあん》はなくならない。ロボットの君に、このびみょうなしんりはわからないだろうな?」

ジンがいいました。

「ロボットをばかにしないでくれ。ぼくは、ただのロボットじゃない。人間と同じようにつくられたサイボーグなんだ。」

というと、なみだが、かたいほおをつたいました。

「なみだ?　ロボットのあなたが…!」

エッちゃんがおどろきの声をあげました。

「ロボットだって、かなしいことがあれば、なみだのひとつやふたつながれるよ。ぼくは、宇宙《うちゅう》で、人間に一ばんちかいロボットなんだ。でも、まだ人間たちは知らない。未知《みち》のロボットだからだ。あのカラスは、かみわざをもっている。おどろくことに、たったひとばんで、ぼくをつくった。そして、つぎの日には、にぎやかな町をつくりこのビルディングをたてた。つぎつぎと、きせきをおこしている。だから、せいこうのかくりつは、百パーセントなんだ。人間がやれば完全《かんぜん》なんてありえないが、ロボットがやれば、おこりうるかくりつさ。この星ではすでに、じつげんしていることなんだ。いや、もっとせいかくにいうと、じつげんされようとしているところなんだ。そのしょうめいのためにも、もちろん、君たちは、ここで、ハート・クリーニングをためしてくれるだろう?」

というと、ロボットは、三人の顔をつぎつぎとのぞきこみました。

するといると、どうでしょう。とつぜん、三人の顔は青ざめ、血の気がなくなりました。

そこへ、一わのカラスがやってきていいました。

「ああ、魔女《まじょ》さん、ジン君、天使さん! ようこそおいでくださいました。」

ところが、三人とも顔がこわばってへんじができません。

「ピカット、いったい、どうしたというんだい?」

カラスがたずねました。

どうやら、ピカットというのは、ロボットの名前《なまえ》のようです。ピカットは、ひたいにしわをよせると、

「ファイヤー、じつは、こまったことがおきまして。せっかくのチャンスが…。あれこれしかじか…。」

と、話しはじめました。

「そうだったのか。ピカット、君の気持ちはわからないでもないが、まあ、そうあせるな。時間《じかん》は、まだたっぷりあるんだ。そんなことより、三人さん、この星にようこそおいでくださいました。魔女《まじょ》さんはいのちのおんじん。そして、天使さんはこの部屋《へや》をかしてくださった。ぼくにとっては、一ばんの大せつなおきゃくさんなんだ。じっけんなんぞに、つきあわせられない。さあどうぞ、おちゃでものみましょう。」

カラスが、テーブルにあんないしました。

「ファイヤー、やさしいおことば、ありがとう。おんにきるわ。」

エッちゃんは、ほっとしていいました。すると、カラスが、

「いいえ、しんじつをいったまでです。」

と、きっぱりといいました。

「あなた、やっぱり、ファイヤーね。わたしがそうぞうしてたとおりだわ。」

天使が、はずんでいいました。

　テーブルにつくと、ピカットが、手作りのスターチップクッキーと、お日さまジュースをはこんでくれました。

「あのね、これは、まっているおきゃくさんたちに出そうと思って作ってみたんだ。あじはどうかな?」

と心《しん》ぱいそうにたずねました。

「おいしい!　クッキーのほろにがさがたまらない。あたしごのみのあじだわ。」

というと、エッちゃんは、ポリポリと七つも食べました。

「ジュースは、しぼりたてのおいしさだ。元気がわきあがってくるよ。」

というと、ジンは空中三回てんをしました。

「ピカットは、おやつ作りも上手《じょうず》なのね。」

天使が感心《かんしん》していいました。

「とってもうれしい！」

というと、ピカットのひとみがピカリと光りました。

「ところで、ファイヤーは、どうしてこのしごとを思いたったの？」

エッちゃんがたずねました。

「あのね、それにはこんなわけがあるんだ。魔女《まじょ》さん、ジン君。このごろ、地球《ちきゅう》では、いろんなはんざいがおこっているだろう？　みんな、心のやまいがげんいんなんだ。心がよごれてくるから、ぬすみをしたり、わるいことをたくらんだりするんだ。よごれがかるいうちに、せんたくをすれば何のことはない。しぜんと、わるいことは考えなくなる。ぼくは、あのばん、心をせんたくするほうほうはないものかと、考えてみたんだ。」

「あのばん？」

「天使さんに、この部屋《へや》をかしてもらった日のばんだよ。」

「そうだったの。」

天使がつぶやきました
「人間たちは、心などせんたくできないと思っている。それは、目に見えないからだ。でも、その考えはまちがっている。空気は目に見えないけれど、たしかにある。見えないものでも、たしかにそんざいしているんだ。地球《ちきゅう》では、空気のそんざいがわかってから、『空気せいじょうき』をはつめいした。きれいにするためだ。心だって、目には見えないが、たしかにあるとすると、空気と同じように考えられないか？　空気の中にけむりを入れると、空気のながれを見ることができる。ここまできて、ぼくははっとした。」

「何か気づいたのね。」

エッちゃんがひざをうちました。

「ぼくが考えついたのは、とうめいな心に色をつけ、それを、人間の体から外に、しゅん間いどうして、せんたくしてみようということだった。ついさっき、そのきかいができあがった。そこへ、君たちがタイミングよくやってきた。ピカットは、君たちを見て目を光らせた。ねがってもないじっけんざいりょうが、むこうから歩いてやってきたんだからね。」

「そうだったの。ピカットの気持ちもよくわかる。あたらしいものができたら、だれだって使ってみたくなるわよね。」

天使が、うなずいていいました。

「かるいよごれなら、せんざいをつかわなくたって、かんたんにおちる。あらいあがった心をけんびきょうで見ると、生まれたての赤んぼうのように清《きよ》らかだ。心は、せんたくしだいで、生まれたてにもどる。清《きよ》らかな心は、わるいことは考えない。そのしょうこに、生まれたての赤んぼうが、はんざいをおかすといった話は、とんと聞いたことがないだろう？」

「ああ、赤んぼうのはんざいは、まったく聞かない。」

ジンが大きくうなずきました。

「あらいたての心は、人々《ひとびと》のしあわせをねがうようになる。もし、人間たちが、まい日下ぎをせんたくするように、心もせんたくできたら、いつの日か、地球《ちきゅう》からはんざいはきえるだろう。

ぼくには、今の地球《ちきゅう》が、あまりにひさんでかなしくて、見てられなかったんだ。」

ファイヤーは、力強くいいました。

「ありがとう。人間たちがここにくれば、ハート・クリーニングができる。なんてすてきな星かしら…。地球《ちきゅう》はせんそうがなくなって、平和《へいわ》になることでしょう。」

天使は、にっこりしていいました。

「ああ、ぼくは、いっしょうけんめいけんきゅうして、時間《じかん》をたんしゅくしよう。今のところ、一人分《ひとり》のハートのせんたくに、十時間もかかってしまうんだ。せめて、一時間《じかん》ほどでしあがるようにするよ。」

「ファイヤー、おねがいね。その時は、まっ先にせんたくをしてもらうわ。」

エッちゃんが、元気よくいいました。


さて、ここでもんだいです。

> あなたの心は、赤んぼうのように清《きよ》らかですか？
> それとも、すぐにクリーニングがひつようなほど、
> よごれていますか？

じつは、みなさんにしつもんしながら、わたしも自問自答《じもんじとう》しているところです。

# 18　アースとハッピーワールド星

少《すこ》しはなれたところに、エメラルドグリーンの星がかがやいて見えました。

「カラスのひな座《ざ》へレッツゴー！」

三人の声は、まるで、オレンジジュースをこぼしたような空にすいこまれていきました。

「とうとうさいご。かみさまの計画した七つめの星だわ。」

エッちゃんが、むねをときめかせていると、やがて、エメラルドグリーンの星につきました。

「どっこいしょ！　やっと見つけたよ。」

ほうきのばあさんは、ほっとしたひょうじょうで、すなはまにちゃくちしました。

星ぜんたいが海でしたので、おりるばしょがなかなか見つからなかったのです。

「どこまでも、ずっと海が広がっている。あるのは海だけね。」

天使がつぶやきました。

「しずかだわ。なみがひとつもない。鳥のさえずりひとつ聞こえない。」

エッちゃんがつぶやきました。

「しおのかおりがする。」

ジンがつぶやきました。

この星にあるのは大きな海だけ。いたずらな風が時おりふいて、しおのかおりをはこんでくれました。

一わのカラスが、海の上をとびながら、

「お友だちがほしい。カーカーカー。」

となきました。

カラスには、話しあいてがいません。お友だちをつくろうにも、この星にはだれもいなかったのです。

（さびしいな。）

と思いました。

カラスは、ちえをふりしぼって、考えました。水めんにちかづくと、カラスがこちらを見ています。

カラスはうれしくなって、

「あっ、お友だち！」

とさけびました。

でも、ちがいました。それは、お友だちではなく、自分《じぶん》のすがただったのです。

「なんだ、ぼくだったのか。」

カラスは、がっかりしました。

ところが、そのつぎのしゅん間、カラスのひとみがキラリと光りました。

「そうだ！　この星を、お友だちでいっぱいにしよう。たくさんの動ぶつとみどりをつくって楽しくすごそう。」

カラスは、わくわくしてきました。

さっきのさびしさが、まるで、うそのようです。くらかった心が、ぱあっとはれあがって明るくなりました。

「だけど、動ぶつをふやすには、どうしたらいいのだろう？」

カラスは、また考えこんでしまいました。

ところが、いくら考えても、めいあんはうかびません。海の上をくるくると、何どもまわりました。

とつぜん、エッちゃんは、空をゆびさしました。

「あれは、かいがんにいたエッちゃんが、カラスを見つけて声をあげました。七つ子のひなじゃない？」

「きっとそうだよ。アースにちがいない。」

ジンの目が、エメラルド色に光りました。

「わたし、よんでくる。」

というと、天使は、はねを広げて高くまいあがりました。

「こんにちは。」

天使は声をかけました。

「あっ、天使さん！　こんなところへどうしたの？」

「あなた、アースでしょう？」

「そうだよ。ぼくは、七つ子の一ばんすえっ子。名前《なまえ》はアースっていうんだ。だけど、天使さんはすごいなあ。ぼくがいう前から知ってるなんて……！　だけど天使さん、とつぜんどうしたの？」

カラスは、おどろいていいました。

「あなたのことが心《しん》ぱいで見にきたの。あっそうそう、魔《ま》女《じょ》さんもいっしょよ。」

「魔《ま》女《じょ》さんも？」

「そうよ。あのかいがんにいるわ。ついてきて！」

というと、天使はすぐにまいあがりました。あわてて、アースもはねを広げました。

かいがんにつくと、エッちゃんとジンは、首を長くしてまっていました。

「こんにちは。アース！　あたしのことおぼえてる？」

「おぼえてるも何も…。今、ここに、ぼくがいるのはあなたのおかげ。魔女《まじょ》さん、いのちをさずけてくれてありがとう。」

アースは、いきをはずませていいました。

「どういたしまして。あなたが、よろこんでくれてうれしいわ。」

エッちゃんは、にこにこしていいました。

「ところで、この星のすみごこちはどう？」

天使が、目をぱちくりさせてたずねました。

「空はすんでるし海はきれいだし、しずかでもの音ひとつしない。『ばつぐんさ』っていいたいところだけど…。」

「どうしたの？」

天使が、心《しん》ぱいそうにいいました。

「はじめのうちは、それはもうぐっすりとねむれたさ。だけど、そのうち、しずかすぎてねむれなくなったんだ。うみどりのさえずりも、人間たちのはしゃぎ声も、魚のはねる音ひとつしない。音のない世界が、こんなにもさびしいものだったなんて。それから、ぼくはしずけさがこわくなった。とつぜん、『この星にだれかいるかい？　もしいたら、へんじをして！』ってさけんでいた。でも、へんじはなかった。ぼくは、ますますかなしくなった。この星には、だれもいない。ぼくしかいないってわかったら、むねがくるしくなったんだ。」

「そうだったの。」

天使がうなずきました。

「だけど、すぐにはあきらめきれなかった。だれかの声が聞きたくて、むちゅうでとびまわった。『友だちがほしい。カーカーカー。』とないた。いっしょに空をとんでくれて、いっしょにねむってくれて、何でもそうだんにのってくれる。そんな友だちがそばにいてくれたら、どんなにしあわせだろう。ぼくの心は、まだ会ってない友だちのことでいっぱいになった。いつか会える日をゆめに見て、さけびつづけた。そしてついさっき、水めんに友だちを見つけた。とうとう、ゆめがかなう！　ぼくの心は、とびはねた。ところが…。」

というと、アースはうなだれました。

「どうしたの？　その友だちは、どこにいるの？」

エッちゃんがきょうみしんしんにいうと、アースは自分《じぶん》をはねでさしました。

「それは、自分《じぶん》だった。水めんにいたのは、友だちなんかじゃなく、自分《じぶん》のすがただった。どんなにがっかりしたことだろう。だけど、かなしんでばかりはいられない。ぼくは、けっしんしたんだ。この星を、友だちでいっぱいにしよう。たくさんの動ぶつとみどりをつくって、にぎやかな星にしようってね。さがしてもいないのなら、つくるしかないだろう？」

「ええ、そうね。だけど、どうやって？」

エッちゃんがいうと、ジンもすぐに、

「よけいな心《しん》ぱいかもしれないけど、動ぶつをどうやってつくるんだい？　ねん土やガラスざいくのおもちゃみたいに、かんたんにはできないよ。」

と、むずかしい顔でいいました。

「そう、動ぶつには、いのちがひつようだ。どんなにかたちをうまくつくったところで、いのちがふきこまれなければ、ただのおもちゃ。かたりあえる友だちにはなれない。だから、どうしたらいいものかとなやんでいたんだ。」

というと、アースの目からなみだがひとつ、こぼれおちました。

その時です。空から、青色のまき貝がおちてきました。

「何かしら?」

というと、天使はまき貝をひろいました。手のひらにのせると、空よりも海よりも青くかがやきました。

「なんて、きれいなんだろう!」

アースは、目をほそめました。

「それにしても、空から、貝がふってくるなんて、ふしぎだなあ。ねぇアース、この星では、雨のかわりに、貝がふってくるのかい?」

ジンは、首をかしげました。

「ううん、そんなことない。きのう、小雨《こさめ》がふったけど、ふつうの雨だった。貝などおちてこなかった。」

「そうか。それじゃこの貝は何だろう? ますますふしぎだ。海のものが空からおちてくるなんて、ふつうじゃ考えられない。何か、ひみつがあるにちがいない。」

ジンのひとみが、きらりと光りました。

「ふえのかたちをしているわ。魔女《まじょ》さん、ふいてみて?」

天使は、まきがいをエッちゃんに手わたしました。

エッちゃんは、まき貝を口にはさむと、どきどきしました。

「ふくわよ。」

というと、いきおいよくふきました。

でも、音はなりません。エッちゃんの顔はまっかになりました。

「魔女《まじょ》さん、もういいわ。ざんねん！　ふえじゃなかったんだわ。わたしったら、まき貝が、すてきな海の曲《きょく》をかなでてくれるのかと思ったの。」

天使が、がっかりしていいました。

「ただのまき貝だったんだ。ああ、つまらない。」

エッちゃんは、まき貝をすなはまになげました。

「魔女《まじょ》さん、何てことをするの？」

というと、アースはすぐにとびたって、まき貝を口にくわえてきました。

（きれいだな。ぴかぴか光ってる。まるで、空と海がまざりあったみたいだ。もしかしたら、お父《とう》さんが空で、お母《かあ》さんが海で、このまき貝が子どもかもしれない。だから、こんなに力強くてやさしい色をしているんだ。）

アースは、まき貝にふーっといきをふきこみました。

　すると、どうでしょう。かいの中から、ぎん色をした魚があらわれて、海にポーンととびこみました。

「あれれっ、魚だ！」

アースが声をあげました。

「よし、もう一どやってみよう。」

というと、まき貝にふーっといきをふきこみました。すると、どうでしょう。貝の中から、今《こん》どは、カモメがあらわれて、パタパタとんでいきました。

「あれれっ、カモメだ!」

アースが声をあげました。

「よし、もう一どやってみよう。」

というと、まき貝にふーっといきをふきこみました。すると、どうでしょう。貝の中から、今《こん》どは、小リスがあらわれて、ちょこちょこかけだしました。

「あれれっ、小リスだ!」

アースが声をあげました。

「よし、もう一どやってみよう。」

というと、まき貝にふーっといきをふきこみました。すると、どうでしょう。貝の中から、今《こん》どは、赤んぼうがあらわれて、はいはいをはじめました。

「あれれっ、赤んぼうだ!」

アースが声をあげました。

「アースがふくと、まき貝から、いのちが生まれるんだ。あたしが、いくらふいてもだめだったのに…。」

エッちゃんがいいました。

「まき貝は、きっと、かみさまからのおくりものにちがいない。この星は、ちかいしょうらい、動ぶつたちであふれることでしょう。ここは、かみさまの計画によると、地球《ちきゅう》にかわる星だもの。いのちが泉のごとくあふれるハッピーワールド。その名にふさわしく、今まさに、とうといいのちが、つぎつぎとたんじょうしている。アース、おねがいね。」

天使が、しずかにつぶやきました。

その時です。とつぜん、元気な声がひびきわたりました。

「さあ、しゅっぱつじゃ！」

ほうきのばあさんが、長いひるねから目をさましていいました。


さて、ここでもんだいです。二つありますよ。

> まき貝から、ほかにどんな動ぶつが生まれるでしょう。
> あなたが、未来において、いてほしいというものを、全部あげてください。
> 人間のかわりに、ハッピーワールドで力をしめす動ぶつは、何だと思いますか。

まず、一つめのしつもんです。あなたは、動ぶつのしゅ類《るい》をいくつあげられましたか？　もし、その場で三十以上《いじょう》かぞえあげられたら、あなたは動ぶつはかせ。しょうらいは、けんきゅうしつに入って、動ぶつのことをしらべているにちがいありません。

百ちかくあげられたあなたは、すぐに、ハッピーワールドにとんでください。まことにもうしわけありませんが、しょうらいの動ぶつ学のそうだん役として、アースのそばにいてほしいのです。

アースは、どんなに心強く思うことでしょう。一人《ひとり》ほど、ふあんなものはありません。ハッピーワールドは、未来《みらい》の地球《ちきゅう》です。じょうしきでは考えられないような動ぶつが、今まさに、まき貝からたん生しているかもしれません。

つぎに、二つめのしつもんです。あなたはこのしつもんにこたえられましたか？

「ノー。」

という声が、あっちこっちで聞こえます。

げんざい、地球《ちきゅう》では、『人間』という名の生きものが、知恵を持ち、生《せい》ぶつ界《かい》の中心となって、生きています。ところで、しょうらいのハッピーワールドで、人間にとってかわる生きものとは、いったい何でしょう？

これがわかれば、未来《みらい》の地球《ちきゅう》も少《すこ》しは、そうぞうしやすくなるのですが…。わかったら、すぐに、『ハッピーワールドかいはつがかり』へおおしえください。

おしえてくださった方には、ハッピーワールド行きのひこうきのキップを、ただでさしあげましょう。もちろん、『ちょうごうかクラス』です。

「すごいけい品だ！」

といって、うでまくりをしたあなた。少《すこ》し、しんけんに考えてください。

もしかしたら、あなたのよそうが、未来《みらい》の人間ぞうをけっていするかもしれません。

なぜかって？

だって、かみさまは、人間たちの頭の中をぜんぶぬすみ見ることができるのです。

だから、みなさんにおねがい。

くれぐれも、すてきな人間ぞうをそうぞうしてくださいね。

ハッピーワールドの未来は、あなたにかかっているのですから。

# 19　五つの『あ』

「魔女《まじょ》さん、ジン君、ありがとう。あなたたちがいっしょで、どれだけ心強かったことか。これで、かみさまも、あん心《しん》するでしょう。」

天使がお礼《れい》をいうと、エッちゃんは手をよこにふって、

「それは、こっちのせりふだわ。たまちゃんのおかげで、とってもハッピーなたびができた。ありがとう。」

と、えがおでいいました。

「七つ子のひなたちは、みなそれぞれに元気だったし、カラスの母《かあ》さんも、さぞかし、大よろこびするだろう。それにしても、子どもたちが、未来《みらい》の星をつくっているなんて知ったら、おどろいてこしをぬかすかもしれないな。」

というと、ジンのおなかがググーッとなりました。

「うふふっ、おわかれに、高級《こうきゅう》ホテルのディナーにごしょうたいするわ。ホテルはパンプキンていうんだけど、そこの七十七かいにレストランがあるの。コック長じまんのかぼちゃスープは、かくべつよ。ほくほくしたくりかぼちゃと玉ねぎをバターでいためて、星じるしワインのたっぷり入った大なべで、三日間ぐつぐつとにこむの。しあげに、しぼりたてミルクをさっとくわえるんだけど、それがまたたまらない。わたしったら、ひと口のむたびに、思わず『おいしい！』ってさけんじゃうくらい。さあ、行きましょう。」

天使は二人《ふたり》を手まねきすると、夜《よる》の宇宙《うちゅう》へとびたちました。

ホテルのレストランからは、宇宙《うちゅう》がいちぼうできました。さて、三人は、どんなお食事をしたのでしょう？

みなさんのごそうぞうにおまかせします。

家のドアをあけると、エッちゃんは、まっ先にベッドにとびこみました。

「ああ、いい気持ち！」

というと、かるく目をとじました。

「おいおい、シャワーくらいあびたらどうだい？　しゅっぱつした日から、ぼくたちは、一ども体をあらってないんだ。あんたが、ほんものの女の子だっていうんなら、もう少《すこ》し気をつかった方がいい。だって、こんなにおいが…。」

といいながら、ジンは、はなをひくひくさせました。

しかし、ジンの声は、エッちゃんの耳に入りません。ことばだけが、むなしく部屋《へや》にひびきわたりました。

すぐあとに、エッちゃんのねいきが聞こえてきたのです。

「まったくもう、まあいいか。」

というなり、ジンも、たちまちゆめの世界へ入ってしまいました。

つぎの朝、ポストに新聞をとりにいくと、手紙がありました。

「あっ、ともこさんからだわ！」

エッちゃんは、どきどきしてふうをきりました。

ともこさんは、しょうへい君のお母《かあ》さんです。時々《ときどき》、こんなふうにお手紙をくださいました。

そこには、ふだん生活をしていて、思ったことや何気《なにげ》なく感じたことが、そのままかかれていました。エッちゃんは、その手紙を読むたびに、心があらわれるような気持ちになりました。

みなさんにも、手紙のないようを少《すこ》しだけしょうかいしましょう。でも、むずかしいなって思った人は、とばしてください。

だって、これは、大人《おとな》のがわから見た考え方。つまり、ひとことでいうと、みなさんとは、まったくはんたいの立場にいる人の思いなのです。

「よくわかんない。」

といって、首をかしげる人がたくさんいることでしょう。でも、中には、

「へーっ、お母《かあ》さんたちって、こんなふうに考えているんだ。今まで、ぜんぜん知らなかったわ。」

なんて、目をぱちくりさせる人がいるかもしれません。

◆魔女《まじょ》先生へ

今、町は花であふれています。いかがおすごしですか？
三人の子どもたちは、まい日、元気いっぱいはねまわっています。
先日、ようちえんのおたよりに、こんなことがのっていました。

お母《かあ》さん、五つの『あ』を知ってますか？

♥あいしてるよ
♥あわてないよ
♥あせらないよ
♥あきらめないよ
♥あんしんしていいよ

お母《かあ》さんが五つの『あ』をもつことで子どもの気持ちも安定《あんてい》し、どんなじょうきょうものりこえられるのです。不安《ふあん》になることもあるでしょうが、そんな時は五つの『あ』を思い出し、あたたかくうけとめてあげてください。

なんだ、なんだ、そうだったのか！　これって、わたしが、ふだん思っていることと同じじゃないか。

（このままでいいんだ！）

と思ったら、かたの力がふっとぬけてらくになりました。


――――おまけ――――


のほほんのん気な父親似《に》のしょうへい君。このせいかくは、おこったところで直らないので、ことあるごとに、

「いい？　しょうへいは、やればできるんだよ。とっかかりさえ早ければ、きっと一ばんになれるよ。」

と、暗示《あんじ》をかけます。

しっかりものでめんどうみのいいまいちゃん。何ごともきちんとやろうとするので、

「まい、むりしちゃだめよ。できることをやればいいのよ。」

と、あまりプレッシャーをかけないようにします。

さいきん、やっと個性《こせい》がでてきたりよちゃん。何ごともおっかなびっくりなので、

「いいんだよ。できなくってもいいんだよ。下手《へた》っぴでもいいんだよ。まちがってもいいんだよ。」

とあん心《しん》させます。

同じ親から生まれて、ごせんぞさまも同じなのに、一人《ひとり》ひとりせいかくがちがいます。それがね、とってもふしぎで、とってもおもしろいところですよね。

三人の子どもたちよ、のびのびすくすくそだて！


手紙をよみおえると、エッちゃんがかん心《しん》していいました。

「ともこさんは、なんてすてきなお母《かあ》さんかしら…。三人の子どもたちを、それぞれの方法《ほうほう》であいしてる。これって、一見《いっけん》かんたんにできそうだけど、すぐには、まねできない。」

「ああ、たいていのばあい、子どもなんて、さほどちがわないものときめつけて、同じ方法で育ててしまう。ところが、子どもにも、小さい時から、それぞれとくゆうのこせいがある。それを、みとめて育てるのと、みとめないで育てるのとでは、子どものせいちょうに大きな差がでるだろう。一人《ひとり》ひとりを見つめ、まるごとあいしてもらっているしょうへい君たちは、とってもしあわせものだ。」

ジンが、ぽつりといいました。

エッちゃんは、たからばこの前でじゅもんをとなえました。魔女家《まじょけ》に代々《だいだい》つたわるかほうのたからです。

このはこがあけば、ほんものの人間になれるのでした。

「パパラカホッホ、パパラカホッホ、学校では、あたしも二十三人のお母《かあ》さん。一人《ひとり》ひとりのこせいをみとめ、それぞれの方法《ほうほう》であいさなくっちゃ。パパラカホッホ、パパラカホッホ、今まで、みな、同じやりかたで育てようとしてた。わくの中に入れない子どもがいると、むりして入れようとあせってた。ほっておけばしぜんに入るものも、かえって反発《はんぱつ》をかって、にげださせてしまった。パパラカホッホ、パパラカホッホ、パパラカホッホ。今まで、子どものせいかくを、しんけんに考えたことなかったわ。ホッホ、ホッホ。あたし、子どもの心がわかる、ほんものの先生になりたい。だから、一人《ひとり》ひとりをもう一どよく見つめるどりょくをするわ。もっともっと、しゅぎょうをつまなくちゃ。かなしんでるひまなんてない。パパラカホッホ、パパラカホッホ、ホホリンペッペ。」

今日《きょう》も、やっぱりあきません。たからばこのふたは、ぴったりしまったままです。

その時、こきょうのトンカラ山で魔女《まじょ》ママがさけびました。

「パパ、エッちゃんが、とうとうプロ級テストの二つ目にごうかくしたわ。」

「それはよかった。」

パパは、にこにこしていいました。

「あなた、おいわいに干《ほ》しがきのケーキをやくわ。あの子のこうぶつだった。ぺろっと五つは食べたっけ…。」

「おいおい、もう十一時だよ。」

「だって、うれしいんですもの。」

というと、魔女《まじょ》ママはパジャマの上にエプロンをつけ台所へかけだしました。

「わかった。わたしも手つだうよ。」

パパも台所へ向かいました。

さて、プロ級テストのないようとは、こうでした。

子ども一人《ひとり》ひとりのこせいをみとめ、
それぞれにあったあいし方をすることができる。

これは、一人前《いちにんまえ》の魔女《まじょ》になるためのテストでした。
しけんは、上にいけばいくほど、むずかしくなります。これから、エッちゃんの前にはそうぞうもつかないしれんが、まちうけているにちがいありません。

## ♠エピローグ

あるばん、天使がかみさまにいいました。

「ねぇ、かみさま。じつはね、七つのあき部屋《べや》は、すっかりまんいんなの。宇宙《うちゅう》の子どもとなる星の住人たちが、しっかりとすみついて、新しい星のじゅんびをはじめてるわ。」

「おお、そうか！　ちょうど、わしも気になっていたところじゃ。わざわざ見に行ってくれるなんて…。たまちゃん、ありがとう。ところで、未来《みらい》の星の住人とは、いったい何者だい？　しょうらいをやくそくするにふさわしい、りっぱな動ぶつなんだろうな？」

かみさまは、おそるおそるたずねました。

「りっぱかそうでないかは、わたしにはわからない。だって、その動ぶつっていうのは、七つ子のひな。ついさいきん、生まれたばかりなの。」

「七つ子のひな？　ひなといえば鳥にきまっておるが、しゅるいはいろいろじゃ。その鳥っていうのは、もしかしたら、まぼろしの鳥・ほうおうじゃないか？　それとも、あいらしい白鳥？　でもないとすると、気品高いくじゃくかい？」

かみさまは、目の玉をまんまるにしてたずねました。

「みんなちがう。どれでもないわ。えっと、わたしがはじめて会った時、鳥たちは、金色のはねをしていたの。ところが、星に入ったとたん、はねの色はまっ黒け。かみさまもよく知ってる鳥よ。何だと思う？」

「まさかとは思うが、も、もしかして、その鳥っていうのは、カ、カカカカカカッ、カラス？」

かみさまは、どもりどもりいいました。

「そのとおり！　さすが、かみさま。しょうしんしょうめいのカラスよ。」

「たまちゃん、地球《ちきゅう》でゴミを食いあらしているあのいたずらものか？」

かみさまは、まるでしんじられないといった口ぶりでいいました。

「ええ、そうよ。カラスはカラス。ほうおうでもなければ、白鳥やクジャクでもない。だけど、ただのカラスじゃないわ。ふしぎなことに、カラスたちがあき星につくと、くらかった部屋《へや》に明かりがともった。あたらしいいのちがたん生《じょう》したの。宇宙《うちゅう》の子どもが生まれた、れきしてきしゅん間よ。そして、それぞれがこきゅうをはじめた。」

「こきゅう？」

かみさまは、ふしぎそうなひょうじょうでたずねました
「動きだしたの。それぞれに研究《けんきゅう》を重ね、新しい星をつくる努力《どりょく》をしている。それを見て、『七つ子たちは、この星にすむ運命《うんめい》だったんだ。』ってかくしんしたわ。」

「そりゃまたどうしてだい？」

かみさまは、天使があんまりじしんたっぷりにいうので、首をかしげました。

「だって、七つ子たちは、生まれたばかり。地球《ちきゅう》のことはまったく知らないはずなのに、人間たちのなやみをかいけつしたり、ゆめやきぼうをあたえたりする星をそうぞうしているの。これが、ただのぐうぜんだっていえるかしら？　わたしには、未来をそうぞうすることのできる、だれかのしわざにちがいないって思えるの。」

というと、天使は、かみさまをゆびさしました。

「わっ、わし？　わしは、そんなことしたおぼえはないぞ。あたらしい星に、カラスをすまわすなんて…。たまちゃん、かってなことをいうでない。それとも、何か、しょうこでもあるというのかい？」

かみさまは口ごもると、しだいに、顔が赤くなってきました。ひたいには、じわじわっとあせがうかびあがってきました。

「やっぱりね。うふふっ、かみさまはうそがつけない。」

天使は、トパーズ色のひとみをかがやかせました。

　かみさまはポケットからハンカチを出し、ひたいのあせをぬぐうと、しんこくな顔をしていいました。

「まあいいじゃないか。そんなことより、地球はずいぶんすみにくくなっておるようじゃな。」

「そうなの。地球《ちきゅう》のよごれはすすむばかり。宇宙《うちゅう》の子どもたちは、じゅんびをはじめたけれど、今、地球《ちきゅう》にめつぼうされたらおしまい。まだ、子どもでしょう。かわりは、すぐに、つとまらない。」

「たまちゃん、地球《ちきゅう》をきれいにするいい方法《ほうほう》は、ないものだろうか?」

「えへへっ、わたし、パックをつくってみたの。」

天使は、にこっとしていいました。

「パックって、いったい何だい?」

かみさまは、ふしぎそうな顔をしてたずねました。

「パックは、女の人が美容《びよう》のためにつかうものなの。このごろは、男の人もつかうようになってきたけどね。顔一面にぬって、よくかわかしてから、ぺりってはがすの。そうすると、毛穴《けあな》につまっていたがんこなよごれがすっきりとれて、おはだがすべすべになる。かさかさだったひふに、うるおいがもどってくるの。とはいっても、生まれたての赤んぼうのようには、いかないけどね。」

「それと地球《ちきゅう》のよごれと、どういうかんけいがあるんだい?」

「じつは、わたし、地球《ちきゅう》用パックをつくってみたの。」

というと、天使はポケットから、ぎん色のふたに入ったクリームをとりだしました。

「これを、よごれている地球《ちきゅう》の表面にぬってみようと思うの。中にあるよごれまですいとってくれたら、少しはきれいになるはずだわ。このパックを、『地球《ちきゅう》のおはだツルツール』って名づけたの。」

「そのパック、きくといいな。」

かみさまは、にこっとしていいました。

# あとがき

　この本に出てくる天使は、実在上の人物である。たまちゃんという名も実名だ。ただ、念のため言っておくが、これはたまちゃんという名の天使がいるという意味ではない。天使となるモデルが身近にいて、それが、たまちゃんだったということだ。エンゼルのような風情があったので、勝手に天使にしたててしまったのだ。

たまちゃんとの出会いは、今年の夏。場所は、スポーツクラブのサウナルームだった。

（きれいな人がいるなあ。）

　鼻筋の通った美人さんが、わたしのすぐ側にすわっていた。髪をアップして、バスタオルをまとった素肌は透き通るようだ。うっとりしていると、

「おひとつ、どうですか？」

突然、目の前にカップが差し出された。中には、メロンとミカンとパイナップルをまるごと凍らせたひと口大のアイスが入っていた。八十度もある室内で見る氷は、のどから手がでそうなほどおいしそうに見えた。

「えっ、いいんですか？　申し訳ありません。」

私は遠慮しながらも、ついつい氷に手が伸びた。口に含むと、まさに天国！　そのおいしさといったら、ことばでは表現できない。感動の嵐だった。

　次の日、また、同じことが起こった。見ていると、その人は、私だけでなく、サウナルームにいる人たちみんなに氷を差し出していた。すると、緊迫していた空気が、一瞬にして和みリラックスムードになった。自然と会話がはずむ。今まで、他人だった人たちが、見えない糸で結ばれ始めた。みんなに氷をふるまっているその人こそ、『たまちゃん』だった。

　でも、それが何日も続くので心配になった私は、ある日、

「いつも、いただくばかりですみません。これ作るの大変でしょう？」

と頭を下げると、たまちゃんは、

「自分が食べたいから持ってきてるの。ついでだから気にしないで。」

と笑っていった。その瞬間、たまちゃんの笑顔が天使のようにうつった。

私は、いつしか、たまちゃんに会うのが楽しみになった。話してみると、美容関係のお仕事をされているとのこと。以前は、モデルをされていたこともあったという。（ああ、やっぱり！　美しいわけだ。）

私は、ひとり納得した。

泳ぎも抜群にうまい。私がようやく二十五メートルを泳ぐと、たまちゃんは、息も荒げずに五十メートルを泳ぎきっている。クロールや平泳ぎだけではない。バタフライも悠々こなす。その姿は、まるでとび魚のようである。たまちゃんは、スポーツマンの天使なんだ。

先日、縁あって、たまちゃんのお母さまにお会いした。にこにこして出迎えて下さるそのお姿は、まるで天女様そのもの。不思議なほど安らぎがあった。私は、まだ一言も言葉をかわさないうちから、心の扉を全開した。

（へんだなあ？　初対面なのに…。）

私は、何だかきつねにつままれているような気になった。

天使の母は、ただものではなかった。そして、やはり、はっとする程美しかった。


さて、突然、話は学校のことにとぶ。ある日の放課後のことだ。誰もいなくなった教室に、なみきちゃんがランドセルをかついだまま戻ってきた。

はーはーと大きな息をしながら、

「先生、これ、私がいなくなってから読んでね！　じゃあ、さようなら」

というと、紙きれを差し出してすぐにまた、教室をとびだしていった。

「何かしら…？」

私はどきどきしながら、紙きれをひらいた。パンダの絵のついた水色のびんせんには、こんなことが書いてあった。

人間には、勉強が得意でも、スポーツの苦手な人がいる。反対に、スポーツが得意でも、勉強の苦手な人もいる。中には、勉強もスポーツも両方得意な人もいれば、両方苦手な人もいる。

世の中にはいろんな人がいるけれど、世界中の人がみんな持ってる幸せがあるよ。それは、『生きている』ってことなんだ。


私は、手紙を読み終えると胸が熱くなった。そして、思わず手紙を握りしめた。でも、本当は、なみきちゃんを抱き締めたかった。

朝の会で、子どもたちに、人間にはそれぞれ個性があることを話したばかりだった。なんてすごい発見をしたのだろう。なみきちゃんは、名探偵だ。人間が、一生かかっても見つけられないお宝を、わずか十一歳で発見してしまった。これは、どんな宝物にも勝る。人に言われても納得できなければがらくたどうぜんだが、自分で見つけたとなれば話は別だ。最高級のお宝である。うれしいことに、物ではないので決して盗まれない。そして、いくら使っても減ることはないのだ。

これさえあれば、悲しいことや苦しいことがあっても笑顔で乗り越えていける。それ以来、なみきちゃんはますます明るくなった。少しのことじゃくじけない。

笑い声が聞こえると思うと、その輪の中にはなみきちゃんがいる。そして、気配りがまたこころ憎い。私が忙しそうにしていると、側にやってきて、

「先生、何かお手伝いしようか。」

などといって、プリントを配ったり他のクラスに連絡に行ったりしてくれる。

その上、綺麗好きで、机の上も毎日のように整頓してくれる。出張から帰っても、教室は乱れていることがない。

「ああ、なみきちゃんだな。」

私は、だれもいない教室で苦笑する。

『生きていることが幸せ』、もしも世界中の人がこのお宝を発見したら、きっと笑顔があふれる地球になるだろう。私はなみきちゃんを見てふと思った。

梼立悦子（はしだてえつこ）

本名　横山悦子
1961年、新潟に生まれる。
1982年、千葉県立教員養成所卒業後小学校教諭になる。関宿町立木間ケ瀬小学校、野田市立中央小学校で教鞭をとり、現在、野田市立福田第一小学校勤務。
第68回、第70回、第72回コスモス文学新人賞（児童小説部門）受賞
第71回、第74回コスモス文学新人賞（児童小説部門）入選
第19回コスモス文学賞（平成11年度賞）奨励賞受賞
第20回コスモス文学賞（平成12年度賞）文学賞受賞
〈現住所〉　〒270-1176 千葉県我孫子市柴崎台3-7-30-A-102

〈著　書〉

**子どもの詩心をはぐくむ本**

『こころのめ』『ピーチクパーチク 天までとどけ』『チチンプイプイ』『とことんじまんで自己紹介』『すっぽんぽんのプレゼント』『強さなんかいらない』『シジミガイのゆめ』『おともだちみつけた』『どれくらいすき?』『まゆげのびようたいそう』『かたちが わたしのおかあさん』『たいやき焼けた？　詩は焼けた？』

**鈴の音童話・魔女シリーズ**

『魔女がいちばんほしいもの』『魔女にきた星文字のてがみ』『魔女にきた海からのてがみ』『大魔女がとばしたシャボン玉星』『どうぶつまき手まき魔女』『どうぶつ星へ魔女の旅』『コンピューター魔女の発明品』『ドレミファソラシ姉妹のくせたいじ』『からすのひな座へ魔女がとぶ』『ドラキュラのひげをつけた魔女』『地球の８本足を旅した魔女』『やまんばと魔女のたいけつ』『魔女とふしぎなサックス』

**すずのねえほん・魔女えほん**

『魔女えほん①巻』『魔女えほん②巻』『魔女えほん③巻』『魔女えほん④巻』『魔女えほん⑤巻』『魔女えほん⑥巻』『魔女えほん⑦巻』『魔女えほん⑧巻』『魔女えほん⑨巻』『魔女えほん⑩巻』

**すずのねえほん・ぼくはココロ**

『ぼくはココロ①けんかしちゃった！』『ぼくはココロ②こころがみえない？』『ぼくはココロ③ぼくはわるくない！』『ぼくはココロ④いちばんのたからものって？』『ぼくはココロ⑤じゆうなこころで！』

NDC913
梼立悦子　作
東京　銀の鈴社
192P　21cm（カラスのひな座へ魔女がとぶ）

定価＝一二〇〇円＋税

鈴の音童話
カラスのひな座《ざ》へ魔女《まじょ》がとぶ
魔女シリーズNo.9

二〇〇一年四月二〇日（初版）
二〇〇五年七月二〇日（2刷）
著　者――梼立悦子 作・絵©
企　画――㈱教育出版センター
発行者――西野真由美・望月映子
発　行――㈱銀の鈴社　http://www.ginsuzu.com
〒104-0031　東京都中央区銀座一―五―一三―四F
電話　03（5524）5606
FAX03（5524）5607

ISBN4-87786-711-2　C8093

印刷・電算印刷　製本・渋谷文泉閣